Langenscheidt

The Mystery of the Stray Dog – Das Rätsel um den Streuner

von Tina Zang

Langenscheidt

Berlin · München · Wien · Zürich · New York

Lektorat: Barbara Müller
Muttersprachliche Durchsicht: Charlotte Collins
Zeichnungen: Anette Kannenberg

Umwelthinweis: gedruckt auf chlorfrei gebleichtem Papier

Internetadresse: www.langenscheidt.de

Druck: Mercedes-Druck GmbH, Berlin
Printed in Germany

ISBN-13: 978-3-468-20439-5
ISBN-10: 3-468-20439-6

2. 3. 4. 5. 6. * 10 09 08 07 06

Inhalt

Lektorat: Barbara Müller
Muttersprachliche Durchsicht: Charlotte Collins
Zeichnungen: Anette Kannenberg

Umwelthinweis: gedruckt auf chlorfrei gebleichtem Papier

www.langenscheidt.de

Druck: Mercedes-Druck GmbH, Berlin
Printed in Germany

ISBN 978-3-468-20439-5

2. 3. 4. 5. 6. * 11 10 09 08 07

Reisefieber

"Pass gut auf Pummelrübe auf", sagte ich zu Paul, der mit mir in die Scheune gekommen war, um vor meiner Abreise letzte Anweisungen entgegenzunehmen. "Dass sie nicht wieder durchbrennt!"
Paul hob Pummelrübe, mein weißbraunes Zwergkaninchen, aus dem Käfig und streichelte es sanft zwischen den Ohren. "Geht klar", sagte er gutmütig.
"Und gib Mr **Belly** nicht zu viel Trockenfutter. Das ist schlecht für seine Zähne."
"Ist geritzt."
Mr Belly umrundete schnurrend Pauls Beine. Den Namen hatte Fenny ihm gegeben. Also, nicht Paul, sondern Mr Belly. Letzten Sommer war Fenny gerade bei uns zu Besuch gewesen, als uns der schwarze Kater mit dem schneeweißen Bauch zulief. Genau genommen war er Fenny zugelaufen. Sie ist der reinste Magnet für Streuner. Fenny heißt eigentlich Fenella Nevil und ist der tierliebste Mensch, den ich kenne. Außerdem ist sie energisch wie zehn Feldwebel und frech wie eine Horde wilder Affen. Nur so kann sie sich gegen ihre drei Brüder behaupten.
Die Freundschaft mit Fenny verdanke ich Papi. Er hat vor ewigen Zeiten ein Praktikum im *London Zoo*

---

belly Bauch

gemacht und damals in einer WG mit Jack Nevil gewohnt, der ebenfalls Tiermedizin studierte. Sie waren in Kontakt geblieben, auch als Papi nach Deutschland zurückzog und heiratete. Seit ich denken kann, besuchen wir uns jedes Jahr gegenseitig. Wir nennen es den "Nevil-Spatz-Familientausch". Das funktioniert so: Jeden zweiten Sommer fliege ich mit Mami zu Fenny und ihrer Mutter Beverly nach London, während Jack und Fennys Brüder hierher kommen. Im Jahr darauf ist es dann umgekehrt, Fenny und Beverly besuchen uns auf dem "Spatzenhof", während Papi und Paul nach London fliegen zu Jack und den Jungs. So sind immer die Väter mit den Söhnen zusammen und die Mütter mit den Töchtern. Das ist prima, denn Fenny und ich haben dann unsere Ruhe vor ihren Brüdern, und Paul bringt den Nevil-Jungs ein bisschen Manieren bei. Zumindest passt er auf, dass sie meinen Tieren nicht zu nahe kommen.

"Und achte darauf, dass Ronny genug trinkt", fiel mir noch ein.

"Logo." Paul setzte Pummelrübe in den Käfig zurück und klopfte meinem Pony Ronny die Flanke.

"Danke." Mein kleiner Zoo war in guten Händen, solange ich weg war, denn auf meinen großen Bruder konnte ich mich verlassen. "Ich muss weiter."

Ich lief zurück ins Haus und verabschiedete mich im Wohnzimmer feierlich von meinem Klavier. "Verstimm dich nicht, während ich fort bin", sagte ich und strich liebevoll über die Tasten. Dann rannte ich die Treppe hoch in mein Zimmer, riss die Schranktüren auf, griff mir die obersten fünf oder sechs T-Shirts vom Stapel und stopfte sie in einen Rucksack. Ich rollte eine Jeans auf, damit sie wenig Platz brauchte. Darüber verteilte ich eine Handvoll Socken und schloss das Ganze mit einer soliden Schicht Unterhosen ab. Um die Hüfte band ich mir einen Pulli. Die Jacke würde ich nachher direkt anziehen. Fertig. So einfach war es, für einen dreiwöchigen Londonurlaub zu packen.

Ich ging nachsehen, wie weit Mami war. Dazu musste ich sie zwischen Bergen von Designer-Kostümen und Seidenblusen erst mal finden. Sie hatte anscheinend den kompletten Inhalt ihres sechstürigen Kleiderschrankes auf dem Doppelbett verteilt. Schließlich entdeckte ich sie hinter einem wackeligen Kofferturm.

"Es ist zum Verzweifeln, ich habe überhaupt nichts anzuziehen", sagte sie. "Ich hätte mir für die Reise unbedingt ein paar neue Sachen kaufen sollen."

Immer dasselbe Theater! "Wie wär's mit deiner Lieblingsjeans?", schlug ich vor.

"Mensch, Emma, ich kann doch nicht wochenlang in Jeans herumlaufen."

Ich zupfte an meinem Hosenbund. "Also ich schaffe das locker. Wenn du willst, packe ich für dich aber

du darfst nicht zusehen. Dann hast du später eine Überraschung nach der anderen."

Mami ließ den obersten Koffer aufschnappen. "Ja, garantiert lauter Sachen, die nicht zusammenpassen und sich für kein Wetter und keinen Anlass eignen."

"Jeans eignen sich für jedes Wetter und jeden Anlass."

"Und wenn es schneit?"

"Mitten im Sommer?!"

"Und wenn wir ins Konzert gehen?"

"Und wenn wir der Queen begegnen?", setzte ich noch eins drauf.

Mami grinste. “Du hast ja recht, Mäuschen. Ich bin total konfus. Ich hasse Packen. Ich hätte es nicht bis zum letzten Moment aufschieben sollen. Ich werde noch splitternackt durch London irren müssen.”
“Da wärst du garantiert der absolute Hingucker. Aber warum nimmst du nicht einen leeren Koffer mit? Dort gehst du sowieso wieder endlos shoppen.”
Mami bekam ganz glasige Augen. “Shoppen. Wie ich mich darauf freue! Endlich kann ich mich mal wieder richtig schick machen. Hier auf dem Dorf komme ich mir immer ein wenig overdressed vor. Und wenn ich Papi in der Praxis helfe, erst recht.” Ihre Miene verfinsterte sich. ”Ich werde nie den rosa gefärbten Pudel vergessen, der auf meine hellgraue Schurwollhose gekotzt hat.”
Ich schielte zum Radiowecker. “Lass uns später weiter in Erinnerungen schwelgen. In einer Stunde müssen wir los.”
“Was, schon? Wir hätten nicht so einen frühen Flug buchen sollen.”
Da bekam ich auch einen Schrecken. “Lass dich nicht unterkriegen”, rief ich Mami noch schnell zu und sauste die Treppe runter in die Küche. Ich hatte fast das Wichtigste vergessen!
Daheim halte ich es gut und gerne mal eine Stunde ohne Essen aus, aber wenn ich unterwegs bin, brauche ich Proviant. Und je weiter ich weggehe, desto mehr Proviant brauche ich. London war mindestens

drei belegte Brote, eine Butterbrezel und vier Schokoriegel entfernt. Mit flinken Fingern machte ich mich ans Werk.

Paul, der genauso ein Bärchen ist wie Papi, beneidet mich darum, dass ich essen kann, so viel ich will, ohne ein Gramm Fett anzusetzen. Mami, die ständig irgendwelche Diäten macht, um in ihre teuren Klamotten zu passen, beneidet mich sogar noch mehr. Der Kinderarzt hatte mal gesagt, ich hätte den unglaublichsten Stoffwechsel der Welt. Mein Körper scheint das Essen zu Energie zu verarbeiten, bevor es überhaupt den Magen erreicht.

Mir war es piepegal, was mein Körper mit dem Essen machte, so lang ich immer genug davon griffbereit hatte. Als ich mit Brotestreichen fertig war, fiel mir ein, dass Mami mir womöglich etwas wegessen würde, darum packte ich sicherheitshalber noch einen Apfel dazu und setzte Wasser auf, um ein paar Eier zu kochen.

Inzwischen hatte Mami es irgendwie geschafft, sich für einen Teil ihrer umfangreichen Garderobe zu entscheiden und die Auswahl auf zwei Koffer zu verteilen, die sie ächzend hinter sich herzog. Also, die Rollen der Koffer ächzten, Mami seufzte nur ermattet.

Ich hingegen strotzte nur so vor Tatendrang und konnte es kaum erwarten, Fenny wiederzusehen.

Echt lecker

Vier Stunden später wuchtete Mami ihre Koffer vom Laufband auf einen Gepäckwagen und half mir beim Überstreifen meines Rucksacks. Ich knüllte meine leeren Tüten zusammen und warf sie in einen Abfalleimer. Alles, was mir an Wegzehrung geblieben war, war ein Pfeffer-Beutelchen von British Airways, das ich in der Tasche meiner Jeans verstaut hatte. Wenn es ums Essen ging, hielt ich alles für aufhebenswert. Wer weiß, vielleicht wollte ich ja irgendwann mal etwas Fades nachwürzen.

Ich musste nur daran denken, den Pfeffer wieder aus der Tasche zu nehmen, bevor Mami die Jeans wusch, sonst gab es Ärger, so wie vor einem Monat, als ich einen giftgrünen Lolli in einer weißen Hose vergessen hatte. Die Hose hatte nachher um die Tasche herum grüne Flecken. Mami meinte, die Hose wäre ruiniert. Ich hatte das Teil sowieso nie gemocht. Weiße Klamotten sind mega-unpraktisch. Ich habe sie kaum fünf Minuten an, dann sind sie schon wieder wie von selbst dreckig geworden.

In der Ankunftshalle des Flughafens Heathrow herrschte Hochbetrieb. Mami sah sich suchend um, da hörte ich bereits Fennys helle Stimme.

"Emma!", rief sie. "We're over here." Winkend kam sie angerannt. Wir fielen uns in die Arme. Mami und

Beverly begrüßten sich nicht ganz so stürmisch, dafür machten sie sich endlos Komplimente.
“What a **gorgeous** dress”, sagte Beverly. “Is it new?”
“Oh, this old **rag**”, meinte Mami geschmeichelt. “Your new **hairdo** looks **terrific**, Beverly.”
Fenny zwinkerte mir zu. “What a gorgeous T-shirt. Is it new?”
“Oh, that old **washcloth**”, kicherte ich. “Your hair looks **the same as always**.” Ich verstrubbelte ihre braunen Haare, die immer aussahen, als würde sie sie von einer Ziege abknabbern lassen.
Fenny knuffte mich. “**How are** Belly, Ronny and Pummyruby?”
Ich hatte längst aufgegeben, ihr beibringen zu wollen, Pummelrübe zu sagen. Der Name war einfach zu unenglisch.
“They’re **all** fine. Mr Belly **sends** you a **kitten** kiss.”

---

gorgeous prächtig
rag Lumpen
hairdo Frisur
terrific fantastisch
washcloth Waschlappen
the same as always genauso wie immer
how are wie geht es
all alle
sends schickt
kitten Kätzchen

5
STUTTGART LH6
BERLIN BA2

Ich rieb meine Wange an ihrer Wange, wie Mr Belly es getan hätte.

Wir arbeiteten uns im Slalom durch das Getümmel zum Ausgang vor. Beverlys Wagen parkte direkt davor am Taxistand. Sie durfte das, denn sie besaß ein kleines Taxiunternehmen. Alle Fahrer ihrer Flotte waren weiblich und transportierten nur Frauen und Kinder. In einer Großstadt wie London machte das durchaus Sinn, ähnlich wie Frauenparkplätze in Parkhäusern. "She-Cabs" stand in leuchtend gelben Buchstaben auf ihrem mohnroten Taxi, darunter die Telefonnummer.

So eine Mutter zu haben fand ich superpraktisch. Fenny und ich konnten uns von einem She-Cab fahren lassen, wohin wir wollten. Das hatte Fenny mir gestern begeistert gemailt. Als ich vor zwei Jahren das letzte Mal hier gewesen war, durften wir noch nicht auf eigene Faust losziehen. Aber jetzt fand Beverly, dass man uns auch allein herumstreunen lassen konnte, zumal wir ja jederzeit mit dem Handy eins ihrer Taxis rufen konnten.

Gemeinsam hievten unsere Mütter das Gepäck in den Kofferraum. Ich machte es mir mit Fenny hinten im Wagen gemütlich. Sie hatte ein Willkommenspaket gepackt. Das war auch so eine Tradition, an der wir eisern festhielten.

Ich griff in die Pappschachtel, die auf dem Platz zwischen uns stand. "A toothbrush."

"I **knew** you'd forget yours."
Stimmt, meine Zahnbürste hatte ich mal wieder vergessen. Mami - da ging ich jede Wette ein - hatte eine ganze Kollektion Zahnbürsten dabei, für Sonne, Regen und Konzertbesuche.
Als Nächstes förderte ich einen Umschlag mit Fotos zutage. Sie waren im *London Zoo* aufgenommen, wo Jack Nevil als Tierarzt arbeitete. Fenny durfte ihren Vater so oft sie wollte begleiten, den Pflegern beim Füttern helfen und alle Tiere knuddeln, die sich knuddeln ließen.
"**Cute**! Lion babies", stieß ich aus.
"They're called **cubs**."
"Cubs? **You mean**, they **both** have the same name?"
Fenny lachte. "No. A cub is a lion baby."
"**Yeah, that's what I said.**"
Ganz unten in der Schachtel lag ein in Folie gewickeltes Sandwich. "Great, **I'm starving**", sagte ich. Allerdings schmeckten Beverlys Sandwiches immer wie Katzenfutter auf welken Löwenzahnblättern in

---

knew habe gewusst
cute niedlich
cubs Jungen *(z. B. einer Löwin)*
you mean du meinst
both beide
Yeah, that's what I said. Ja, das hab ich doch gesagt.
I'm starving ich bin am Verhungern

getrockneter Hafergrütze. Belly, Pummelrübe und Ronny hätten daran ihre wahre Freude gehabt. Etwas verhalten biss ich hinein, dann rief ich überrascht: "It's **delicious**!"

Fenny schien das überhaupt nicht zu freuen. "**Oh, come on**, it's **just** a sandwich."

Ich nahm einen großen Bissen. Das Brot war weich, aber nicht matschig, die Mayonnaise cremig, aber nicht fettig, der Salat knackig und die Hähnchenbruststücke mit Paprika gewürzt. "It's **the best sandwich I've ever eaten**."

"**Rubbish**", meinte Fenny ruppig.

"**What's wrong with you?**"

Sie starrte aus dem Seitenfenster. "Steve **made** the **stupid** sandwich."

"Who's Steve?"

Als Fenny nicht antwortete, sprang Beverly ein. "He's Fenny's cousin from Cambridge. He's staying with us **until** next week, because he's doing a

---

delicious köstlich
Oh, come on Ach, komm
just nur
the best sandwich I've ever eaten das beste Sandwich, das ich je gegessen habe
rubbish *hier:* Quatsch
What's wrong with you? Was hast du?
made hat gemacht
stupid blöd
until bis

kids' cookery course in a London restaurant. He's **such a** nice boy."

"He's a milksop", schmollte Fenny.

"A milk-what?", fragte ich.

"Ein Weichei", übersetzte Mami.

"He's scared of **everything**", fügte Fenny hinzu.

"Fenella!", tadelte Beverly.

"He's going to **ruin** my holiday."

Ein wenig konnte ich sie schon verstehen. Sie hatte sich sicher darauf gefreut, ihre drei Brüder für eine Weile los zu sein, und nun war Steve da, sozusagen als Brudererersatz. Aber wir mussten uns ja nicht unbedingt mit ihm abgeben, außer natürlich, um die Sachen zu probieren, die er im Kochkurs zubereitete. Dafür stellte ich mich gern als Versuchskaninchen zur Verfügung.

---

kids' cookery course Kochkurs für Kinder
such a so ein
everything alles
ruin ruinieren

Hilfe, ein Wolf!

Die Nevils lebten im Norden Londons in Hampstead, in einem zweistöckigen Haus mit einem wunderschönen, wild wuchernden Garten mit alten, knorrigen Bäumen, in denen Eichhörnchen herumwuselten. Die englischen Eichhörnchen sind größer und kompakter als unsere, haben graues Fell und werden schnell zutraulich. Viele Londoner betrachten sie als Plage, aber ich kann nicht genug von ihnen kriegen. Bei meinem letzten Besuch hatten Fenny und ich einen Geschicklichkeitsparcours im Garten gebaut. Um an ihre Nüsse zu gelangen, mussten zwei besonders schlaue Eichhörnchen, die wir Jack und Ripper genannt hatten, über Wippen balancieren, an Seilen hochklettern und einige knifflige Konstruktionen knacken, was sie mühelos bewältigten, sodass wir uns täglich neue Schwierigkeitsstufen einfallen ließen.

"Jack! Ripper!", rief ich, woraufhin sich prompt die Haustür öffnete. Einen Moment lang erwartete ich tatsächlich, dass die beiden Eichhörnchen die Tür auch geknackt hatten und mich jetzt begrüßen kamen, aber stattdessen erschien ein etwa dreizehnjähriger Junge. Das musste Steve sein. Mit seinen hellbraunen Haaren, der riesigen Zahnspange und dem zutraulichen Gesicht erinnerte er mich sogar ein bisschen an ein Eichhörnchen.

"Your sandwiches **were fantastic**", sagte ich.
"**Thanks.**" Er grinste so breit, dass ihm fast die Zahnspange rausfiel.
"He **looks like** a **squirrel** with **braces**", flüsterte ich Fenny zu, die daraufhin in schallendes Gelächter ausbrach. Ihre schlechte Laune hielt zum Glück nie lange an.
"Jack and Ripper **had** babies this spring", erzählte sie mir freudestrahlend.
"You mean they had cubs." Das Wort hatte ich mir gemerkt.
"Squirrels have babies, not cubs."
Da sollte einer durchsteigen! "Where are they all?"
"**They moved** to the Heath for the summer."
Hampstead Heath ist eine herrliche Wildlandschaft, größer als sämtliche Wälder um unser Dorf herum zusammengenommen. Wenn man erst mal auf dem Heath ist, kann man kaum mehr glauben, dass man sich in einer Millionenstadt befindet. Dort gibt es Seen, Radwege, undurchdringliches Dickicht, wun-

---

were waren
fantastic fantastisch
Thanks. Danke.
looks like sieht aus wie
squirrel Eichhörnchen
braces Zahnspange
had *hier:* haben bekommen
they moved sie sind umgezogen

derschöne alte Bäume, Sümpfe, Hecken, Grasflächen und jede Menge Tiere. Das reinste Paradies – allerdings auch ein Tummelplatz für zwielichtige Gestalten.
"Shall we go and look for them?" Fenny war von der langen Fahrt ganz hippelig. Stillsitzen war einfach nicht ihr Fall und meiner sowieso nicht.
"Okay, let's go."
"Wait, **you've only just arrived**", hielt Beverly mich zurück. "Don't you need to **freshen up**?"
Da merkte ich, dass ich ein ganz dringendes Bedürfnis hatte. Als ich kurz darauf vom Gäste-WC kam, zankten sich Beverly und Fenny im Flur.
"If you **refuse to take Steve along**", sagte Beverly, "then you'll **have to** wait until I've helped Gitte **unpack**, so I can go with you. You know I **won't let you go** to the Heath **alone**."
"I'm not alone", protestierte sie. "Emma's with me. And I can **always call** one of the **cabs**. Steve

---

you've only just arrived du bist gerade erst angekommen
freshen up dich frisch machen
refuse to take Steve along dich weigerst Steve mitzunehmen
have to musst
unpack auspacken
won't let you go werde dich nicht gehen lassen
alone alleine
always *hier:* jederzeit
call anrufen
cabs Taxen

isn't much of a bodyguard anyway, if you ask me. He's scared of **his own shadow**. What do you think he'll do to **protect** us? Throw sandwiches at **drug dealers**?"

In dem Moment kam Steve aus der Küche, wo er noch schnell etwas Proviant zusammengestellt hatte, wie er uns erklärte. Damit stand für mich fest: Steve musste mit, auch wenn Fenny ihn für einen Angsthasen hielt. Wenn er uns nicht beschützen konnte, dann beschützten wir eben ihn.

Beverly gab uns noch tausend Verhaltensregeln und ein Handy mit, dann durften wir endlich losziehen. Wir mussten nur zweimal um die Ecke gehen und eine schmale, wenig befahrene Straße überqueren, schon waren wir mitten im Grünen. Ein Radfahrer fuhr klingelnd an uns vorbei. Ein Falke segelte über uns hinweg. "Jack! Ripper!", rief ich wieder. Irgendwo mussten die beiden doch stecken.

Wir gingen zum nächstgelegenen Teich und beobachteten eine Entenfamilie, bis sie ans andere Ufer paddelte. Auf allen Bänken saßen Leute und genossen die Nachmittagssonne. Verliebte Paare hockten im Gras, ein Junge spielte Gitarre, Jogger umrunde-

---

isn't much of a bodyguard anyway ist sowieso kein guter Leibwächter
his own shadow sein eigener Schatten
protect beschützen
drug dealers Drogenhändler

ten den Teich. Wo hier am helllichten Tag eine Gefahr lauern sollte, war mir rätselhaft. Beverly hatte einfach eine viel zu lebhafte Fantasie.

"**Could we take a rest?** I'm **exhausted**", meinte Steve, als wir hinter dem Teich ein Stück bergauf gingen. Besonders geländegängig war er wirklich nicht, aber er musste ja auch die Proviantasche schleppen.

"Let's stop for a picnic", schlug ich vor.

"No, let's go down that **path** into the **thicket** and **pretend** we're in a dark and dangerous forest", sagte Fenny.

Früher hatten mir solche Spiele Spaß gemacht, aber jetzt genierte ich mich. Steve sollte mich nicht für total kindisch halten.

Doch Steve spielte sofort mit. Er deutete zitternd auf eine Reihe niedriger Büsche, die etwa drei Meter vom Weg entfernt ein Waldstück säumten. "**Watch out**, there's a wolf!"

"No, it's a dragon", flüsterte Fenny aufgeregt. "Let's pretend we're in a magic forest, with dragons and witches."

Could we take a rest? Könnten wir eine Pause machen?
exhausted erschöpft
path Pfad
thicket Dickicht
pretend so tun als ob
watch out passt auf

"But there's r-r-**really** a w-w-wolf", behauptete Steve. Jetzt zitterte auch seine Stimme.
Ich klatschte Beifall. "You're a fantastic **actor**. I **almost** believed you."
"**Stop clapping!**", zischte Steve. "We don't want to **startle** the b-b-**beast**."
Jetzt wurde mir das Spiel endgültig zu albern. "Play your **silly** game without me", sagte ich zu Fenny und Steve. "I'm going to look for squirrels."
"**He's right**, there really is a wolf", rief Fenny. "**Look, over there**."
Widerstrebend schaute ich in die Richtung ihres ausgestreckten Zeigefingers und riss erstaunt die Augen auf.

---

really wirklich
actor Schauspieler
almost fast
Stop clapping! Hör auf zu klatschen!
startle erschrecken
beast Bestie
silly albern
He's right. Er hat recht.
Look, over there! Schau, da drüben!

Eine seltsame Einladung

Unter einem Busch schauten eine braune Schnauze, zwei dunkle Augen und halb aufgerichtete Ohren hervor. Ein Wolf war das nicht – und schon gar kein Drache – aber ein riesiger Hund, nach der Größe des Kopfes zu schließen.

"Poor boy. He's **all on his own**", sagte Fenny voller Mitleid, nachdem wir uns vergeblich nach dem Besitzer umgesehen hatten. "He must be hungry."

Erstaunlich flink verschwand Steve hinter einem Baumstamm. "He's **going to** eat us", keuchte er.

Fenny rollte mit den Augen. Für Ängste hatte sie wenig Verständnis, denn sie fürchtete sich vor rein gar nichts, am allerwenigsten vor Hunden. Ich konnte Steve da schon besser verstehen, denn beim Anblick einer Spinne flippe ich regelmäßig aus. Einmal war ich kreischend aus meinem Lieblingsrestaurant gerannt, weil sich so ein Achtbeiner direkt vor mir von der Lampe abseilte. Glücklicherweise hatte Mami geistesgegenwärtig reagiert und mir meinen noch halbvollen Teller nach draußen gebracht, damit ich aufessen konnte.

"I need a **ham** sandwich", sagte ich zu Steve.

---

all on his own ganz alleine
(is) going to wird
ham Schinken

"You're **heartless**", fand Fenny. "We've got a **real** problem here and all you can think of is eating a sandwich."
"It's not for me, it's for him." Ich nickte in Richtung Hundeversteck.
Das gefiel Fenny schon besser. "Great idea. We'll **lure** him out of his **hiding place**."
"Uh-oh", machte Steve hinter seinem Baum.
Fenny nahm das Sandwich, hielt es mit ausgestrecktem Arm von sich und bewegte sich langsam auf den Hund zu, der den Kopf schief legte und sie halb ängstlich, halb erwartungsvoll ansah. "Come on, good dog, this is for you. It's yummy," lockte Fenny.
Der Hund robbte aus dem Gebüsch. Das dauerte eine Weile, weil er einen großen Körper hatte.
"He looks like a very friendly dog", sagte Fenny mit Kennerblick.
Jetzt trennten sie und den Hund nur noch wenige Zentimeter. Sie legte das Sandwich vor ihm ins Gras und er verschlang es mit drei gierigen Hapsen. Ich hörte Steve aufatmen. Klar, er opferte lieber seine Sandwiches als sich selbst.
Ganz in Gedanken holte ich das nächste Sandwich aus der Tasche und wollte reinbeißen, da riss Fenny

---

heartless herzlos
real echt
lure locken
hiding place Versteck

es mir aus der Hand. Als der Riesenhund das sah, kam er näher, wenn auch noch ein bisschen schüchtern. Diesmal fraß er Fenny direkt aus der Hand. Sie war entzückt. "Isn't he cute?" Fast schon zärtlich befahl sie ihm: "Sit!"

Der Hund senkte elegant sein breites Hinterteil auf den Boden. Fenny griff nach der Hundemarke an seinem Halsband. "There's a name on the **tag** and a **phone number**." Sie tätschelte die Flanke des Hundes. "Hi, Ken. **What a** beautiful name for a dog. We'll take you **home** with us and then we'll call your **owner**."

Sofort wedelte Ken heftig mit dem Schwanz. Da er keine Anstalten machte, nach Fenny oder mir zu schnappen, traute Steve sich endlich näher.

---

tag Marke
phone number Telefonnummer
what a was für ein
home nach Hause
owner Besitzer

Ich fuhr Ken mit einer Hand über den Rücken, mit der anderen über den Bauch. Sein kurzes, mittelbraunes Fell glänzte und fühlte sich erstaunlich zart an für so einen großen Hund. Alle Rippen schienen am richtigen Platz zu sein. Ich fand keine Wunde und keine empfindlichen Stellen. "He doesn't **seem** to be **hurt**."

Voller Zuneigung lehnte Ken sich mit seinem ganzen Gewicht gegen meine Hüfte. Ich fiel nur deswegen nicht um, weil Steve mich geistesgegenwärtig stützte. Auf dem Heimweg ging Ken an Fennys Seite, als wäre er an ihr festgewachsen.

Beverly blieb ganz cool, als wir mit dem Riesenhund im Schlepptau ankamen. Sie war es gewöhnt, dass Fenny ständig irgendwelche Tiere auflas. Ihr lief alles zu, was nicht angebunden war. Auch Mr Belly war uns ja zugelaufen, als Fenny gerade zu Besuch war. Und selbst mein Pony Ronny verdankte ich Fenny. Sie hatte ihn auf einer Wiese grasen gesehen und war sofort der festen Überzeugung gewesen, dass er Hilfe brauchte. Wie sich herausstellte, war Ronny aus einem Wanderzirkus ausgebrochen, wo er schlecht behandelt worden war. Fenny bestand darauf, dass wir Ronny dem Zirkus abkauften. Wenn es um Tiere ging, kannte sie keine Kompromisse.

---

seem scheint
hurt verletzt

"Where **did you find** that dog?", fragte Beverly. Wir standen in der Küche und sahen Ken zu, der mit seiner langen Zunge Wasser aus einer Suppenschüssel schlabberte und dabei eine mittlere Überschwemmung verursachte.
"On the Heath, of course", erklärte Fenny. "I'm going to call his owner. The number is on his tag."
"Good", meinte Beverly leichthin und überließ alles weitere uns. Steve wischte den Boden auf und ich suchte im Kühlschrank nach etwas Essbarem für mich. Schließlich hatte ich Ken mein ganzes Picknick überlassen.
Fenny holte das schnurlose Telefon und drückte den Lautsprechknopf, damit wir mithören konnten.
"Hello", meldete sich eine damenhaft säuselnde Stimme.
"Hi, this is Fenny Nevil. I think I've **found** your dog."
"Oh, oh my, oh my God", kam es lang gezogen aus dem Hörer. "Ken **ran away** last night and **we've been searching** for him **all day**."
"I'll give you my address so you can come and get him."

---

did you find habt ihr gefunden
found habe gefunden
ran away ist weggelaufen
we've been searching wir haben gesucht
all day den ganzen Tag

"Ah, er, well … Wait a minute." Wir hörten zwei Frauenstimmen flüstern. Dann wieder das Säuseln. "Could we **speak** to one of your parents, please?"
"My dad's in Germany and my mum's busy. Is there a problem?"
"Yes, there is. We don't have a car, you see. It **would be** really nice if your mum could bring Ken to us. My friend Miranda and I would love to invite you for dinner. Miranda is an excellent **cook**."
Steve hob interessiert die Augenbrauen. Ich rieb mir den Bauch. Fenny nickte verstehend. "**Sure**, no problem. There are five of us. I hope that's okay."
"**Absolutely. The more, the merrier.** Dinner will be ready in an hour."
Fenny notierte die Adresse, legte auf und sah uns stirnrunzelnd an. "Did you **notice**?"
"Did we notice what?", fragte ich.
"Come on, **something's wrong**, I can feel it." Sie streichelte Ken.

---

speak sprechen
would be wäre
cook Köchin
sure sicher
absolutely absolut
The more, the merrier. Je mehr, desto besser.
notice bemerken
something's wrong irgendetwas stimmt nicht

Steve zuckte die Schultern. "I didn't notice anything **either**. What's wrong with an invitation to dinner?"

"**First of all**", sagte Fenny, "Ken **didn't react** when he **heard** the lady's **voice**. **I expected him to** bark, or something like that."

"Maybe the **loudspeaker** makes voices **sound** different", versuchte ich Kens Desinteresse an der Stimme seines Frauchens zu erklären.

"And", fuhr Fenny fort, "the **lady** didn't ask **any** questions **at all** about Ken. Where we found him, **whether he was all right**, **that kind of thing**."

Stimmt. Nach Kens Befinden hatte die Dame sich überhaupt nicht erkundigt. Das war schon merkwürdig. Nun, wenn wir erst mal dort waren, würden wir ja sehen, wie groß die Wiedersehensfreude zwischen Ken und seinen Besitzern war.

---

either auch (nicht)
first of all als Erstes
didn't react hat nicht reagiert
heard hörte
voice Stimme
I expected him to ... ich habe damit gerechnet, dass er ...
loudspeaker Lautsprecher
sound klingen
lady Dame
(not) any at all überhaupt keine
whether he was all right ob es ihm gut ging
that kind of thing so was in der Art

Zwei reizende alte Damen

"An invitation to dinner? Well, why not", sagte Beverly, als Fenny ihr von der Einladung erzählte. Fenny nannte ihr die Adresse. Als Taxifahrerin kannte Beverly London in- und auswendig. "That's **on the other side** of the Heath", sagte sie sofort. "**It'll take** about twenty minutes to get there."
"Poor Ken", sagte Fenny. "He **ran** all over the Heath trying to find his way back home."
Ken quittierte das mit einem freundlichen Schwanzwedeln. Auf Fennys Stimme reagierte er eindeutig besser als auf die seines Frauchens.
Bei dem Gedanken regte sich etwas in meinem Hinterkopf, aber ich bekam es nicht so recht zu fassen. Irgendetwas passte hier nicht zusammen. Je mehr ich darüber nachdachte, desto weniger fiel es mir ein. Also stopfte ich es erst mal ins Unterbewusstsein zurück und ging mit Fenny auf ihr Zimmer, wo neben ihrem Bett ein Matratzenlager für mich aufgebaut war. Theoretisch hätte ich auch in einem der freien Zimmer ihrer Brüder wohnen können, aber es machte viel mehr Spaß, bei Fenny zu campen. So konnten wir abends noch lange quatschen. Ich pack-

---

on the other side auf der anderen Seite
it'll take *hier:* es wird dauern
ran ist gerannt

te aus, indem ich meinen Rucksack öffnete und ihn auf dem Boden neben der Matratze entleerte. Ken wühlte mit der Schnauze ein wenig in meinen Sachen herum. Da er nicht sabberte, ließ ich ihn gewähren. Fenny trug meine neue Zahnbürste ins Bad, während ich mir von Mami die Digitalkamera auslieh, um Erinnerungsfotos von Ken zu machen.

Beverly rief, dass es Zeit sei, loszufahren und wir quetschten uns zu fünft ins Taxi. Zum Glück war es ein Kombi, so konnte Ken im Kofferraum sitzen, nachdem Beverly die Hutablage entfernt hatte. Er steckte seinen Kopf zwischen Fenny und mir durch und legte ihn auf unsere Schultern. “He’s so sweet, I **wish** I could keep him”, sagte Fenny.

“That’s what you always say when you find a dog or cat”, sagte Beverly. “If we **kept** them all, we’d have **more** animals than the zoo.”

Das Haus der beiden Damen, die uns eingeladen hatten, war eine richtig vornehme Hütte mit einer Auffahrt, die sich um einen Kreisel aus Bäumen und Rosenbeeten schlängelte. Was für ein Luxus, wo sie doch nicht mal ein Auto hatten! Beverly parkte direkt vor der Haustür, die just in diesem Moment aufgerissen wurde. Zwei ältere Damen erschienen

---

wish wünsche (mir)
kept behielten
more mehr

und kamen uns strahlend entgegen. Fenny öffnete die Kofferraumklappe und ließ Ken raus. Wir waren gespannt, wie der Hund auf seine Frauchen reagieren würde.
“Ken, my baby”, rief eine der Damen. “Come to **mummy** Miranda, **sweetheart**.” Miranda war stämmig und solide gebaut. Sie trug ein Twinset mit Tweedrock und blickdichte Strumpfhosen. Ken beäugte sie gelangweilt und – wie mir schien – etwas genervt.
Noch nerviger fand ich allerdings das Getue der anderen Dame, die hager war und eine Dauerwelle hatte wie ein Silberpudel. In Faltenrock und Rüschenbluse tänzelte sie um uns herum und sagte mit der gleichen süßlichen Stimme, die mir schon am Telefon aufgefallen war: “How sweet of you to come.” Dann sah sie den Schriftzug auf Beverlys Auto. “Oh, you **had to** take a taxi? I had **no idea**. I **thought** you’d come in your own car. If only I had known. **Sorry** for the **trouble**. I’ll pay.”
Beverly winkte ab. “I’m the owner of She-Cabs.”

---

mummy Mutti
sweetheart Schätzchen
had to mussten
no idea keine Ahnung
thought dachte
sorry entschuldigen Sie
trouble *hier:* Mühe

"Really? How **exciting**!"
Was daran nun so aufregend war, war mir schleierhaft. Fenny zwinkerte mir zu und verzog den Mund. Steve war schon zur Tür gegangen und schnupperte ins Haus hinein. "**Roast beef** and **roast potatoes**", sagte er. Er fächelte sich mit den Händen Luft aus dem Flur in die Nase. "**Yorkshire pudding**, carrots and beans", ergänzte er.
"Absolutely right, **young** man", begeisterte sich Miranda.
Kurz darauf saßen wir um eine festliche Tafel und wurden von Miranda Miller-Smith und Jane Jenkinson, wie die Damen sich vorgestellt hatten, königlich bewirtet.
Ken hatte sich auf eine Brokatdecke zurückgezogen, die vor der Terrassentür lag. Er legte den Kopf auf die Pfoten und seufzte. Wenn er so etwas wie Wiedersehensfreude empfand, verstand er sie bestens zu verbergen. Fenny runzelte die Stirn, weil ihr das gar nicht behagte. Als wollte sie zeigen, was für eine gute Hundehalterin sie war, holte Jane schnell eine Schachtel Trockenfutter, aus der sie Ken etwas in

---

exciting aufregend
roast beef Rinderbraten
roast potatoes Bratkartoffeln
Yorkshire pudding *gebackener Eierteig, der zum Rinderbraten gegessen wird*
young jung

einen kitschigen Keramiknapf mit Rosenmuster streute. Ken schnupperte desinteressiert daran.

"He's not hungry", sagte ich. "He's had all my sandwiches."

Jane stellte die Packung auf die Anrichte, wo sie total lächerlich wirkte, grellrot mit einem schlappohrigen Hund drauf, und das zwischen lauter vergilbten Fotos, auf denen ernst dreinblickende Männer zu sehen waren. "Our late husbands", sagte Jane mit wehmütigem Blick.

Late? Hieß das, die kamen später noch?

"Das heißt in dem Fall verstorben", flüsterte Mami mir zu.

Wir hatten kaum die Teller vollgeladen, da fingen Miranda und Jane auch schon an, uns auszufragen. Sie waren zwei schrecklich neugierige alte Schachteln. Ich überließ das Antworten den anderen, da ich den Mund ständig voll hatte.

"**So**, what are your **plans** for the holiday?", erkundigte sich Jane, nachdem Beverly ihr von unserem Familientausch erzählt hatte. "There are so **many** exciting things to do in London." Sie zwinkerte meiner Mutter zu, die etwas von "Shopping" und noch mehr "Shopping" sagte. War ja klar.

---

so also
plans Pläne
many viele

SEC
NEW!

"We have a **surprise** for Emma", verriet Beverly. "We're going to go to a **concert** tomorrow."
"Cool." Eine Bohne rutschte mir halb aus dem Mund. Ich schob sie hastig zurück. "A piano concert?"
"Yes, in Wigmore Hall, with Frederick Terry."
Sofort ergingen Miranda und Jane sich in Lobeshymnen über den Pianisten, Wigmore Hall und Musik überhaupt. Ich dachte schon, die Gefahr wäre vorbei, aber dann fragte mich Miranda: "Do you play the piano?"
Ich nickte so beiläufig wie möglich. Auf dem Weg ins Esszimmer hatte ich im Wohnzimmer ein Klavier stehen sehen. Garantiert würden sie mich gleich bitten etwas vorzuspielen.
"**What a pity** that our piano is in such a bad **state**", bedauerte Jane. "I'm sure you'd love to play for us. But it hasn't been **tuned for ages**."
Ich atmete erleichtert auf und widmete mich wieder dem Futterberg auf meinem gold gerandeten Teller.
Als wir alles verspachtelt hatten, schob Jane ihren Stuhl zurück. "I'll go and **get** the dessert."

---

surprise Überraschung
concert Konzert
what a pity wie schade
state Zustand
tuned gestimmt
for ages seit einer Ewigkeit
get holen

Steve wollte ihr in die Küche folgen, die ihn magisch anzuziehen schien, aber Miranda hielt ihn am Arm fest und fragte ihn über seinen Kochkurs aus.
Jane blieb ziemlich lange fort, jedenfalls länger als man brauchte, um die Nachspeise aus dem Kühlschrank zu holen. Endlich erschien sie mit einer riesigen Dessertschüssel, aus der ich mich hemmungslos bediente. Die anderen waren schon pappsatt und nahmen nur einen kleinen Anstandshappen, um nicht unhöflich zu erscheinen.
Zum Abschied drückte Jane Fenny und mich an ihren knochigen Brustkorb und bedankte sich noch mal dafür, dass wir Ken zurückgebracht hatten. Unsere Mütter hatten es noch schlechter erwischt, sie wurden von der üppigen Miranda umarmt. Nur Steve blieb verschont.
Fenny kraulte Ken, der ihr zur Tür gefolgt war, noch einmal hinter den Ohren. "You're such a lovely dog", sagte sie leise. "I wish you were mine."
Auf der Heimfahrt waren wir alle ganz still, teils weil wir mit Verdauen beschäftigt waren, teils weil uns einiges durch den Kopf ging, vor allem mir. Mir war immer noch nicht eingefallen, was mich an dem Telefongespräch gestört hatte. Vielleicht musste ich einfach nur eine Nacht darüber schlafen.

Da stimmt doch etwas nicht!

Am nächsten Morgen zogen unsere Mütter los, um die Boutiquen der Umgebung zu plündern. Steve hatte drei Stunden Kochkurs. Fenny und ich mussten hoch und heilig versprechen, keinen Unfug zu machen.

Wir hielten unser Versprechen genauso lang, wie wir brauchten, um den Frühstückstisch abzuräumen. Dann sagte Fenny: "Let's go to the Heath." Sie schloss energisch die Kühlschranktür, nachdem sie die Käse- und Wurstplatten darin verstaut hatte. Eigentlich ein sinnloses Unterfangen, denn in spätestens fünf Minuten würde ich mich sowieso auf die Reste stürzen.

"But your mum **doesn't want us to** go alone", gab ich zu bedenken.

"We'll only go to the **place** where we found Ken, and then **straight back** home."

"Why do you want to go there?"

Fenny kratzte sich am Hals wie ein Äffchen. "Because I think something's wrong and I want to **find out** what it is."

---

doesn't want us to will nicht, dass wir
place *hier:* Stelle
straight back direkt zurück
find out herausfinden

Da sprach sie mir aus der Seele. "You're right, those ladies were **just a bit too nice**."
"They're **totally phoney**, if you ask me."
"Okay, let's go." Schließlich war das, was wir vorhatten, kein Unfug, sondern ein höchst wichtiger Erkundungsgang. Als wir die Haustür hinter uns schlossen, fühlten wir uns wie Agenten auf geheimer Mission.

Ich hätte die Stelle nicht so ohne Weiteres wiedergefunden, aber Fenny kannte sich auf dem Heath bestens aus. "This is the tree", sagte sie, nachdem wir den Teich umrundet und eine kleine Anhöhe erreicht hatten. Sie meinte damit den Baum, hinter dem Steve sich gestern in Sicherheit gebracht hatte. Wir gingen durch das Gras zu den Büschen. Da, wo Ken gelegen hatte, war alles immer noch platt gedrückt.
"He **must have been lying** here **for quite a while**", meinte ich.
Fenny untersuchte die Stelle gründlich, kroch sogar zwischen die Büsche und rief schließlich triumphierend: "Ha!"
Sie robbte rückwärts wieder raus, eine Hand zur

---

just a bit too nice ein kleines bisschen zu nett
totally phoney total unecht
must have been lying muss hier gelegen haben
for quite a while eine ganze Weile

Faust geschlossen, stand auf, schüttelte sich kurz den Dreck von der Hose und öffnete die Hand. Ausgestreckt hielt sie sie mir hin. "Look at that."

Erst dachte ich, es wäre einfach nur Matsch. Ich stupste mit dem Finger gegen das ovale, daumennagelgroße Teil. Es war irgendwie eklig.

"Smell it", sagte sie, "but don't eat it."

Wir hatten zwar den Proviant vergessen, aber so verzweifelt war ich nun auch wieder nicht, dass ich mich auf diesen Ekelkram stürzen würde. Das Teil roch nach alten, aufgeweichten Socken. "Could be dog food."

"Right, it's a **piece** of dry dog food", bestätigte Fenny meine Vermutung. "Of course it's not dry **any more**. Let's find out what **brand** it is."

Ich überließ Fenny mein Taschentuch, in das sie das aufgeweichte Trockenfutterstück so sorgsam einwickelte, als wäre es zerbrechlich. "Our first **piece of evidence**", strahlte sie.

Der Supermarkt, der dem Heath am nächsten war, hieß *Budgens* und führte eine kleine Auswahl an Hundetrockenfutter. Fenny packte unser Beweisstück aus und verglich es mit den Abbildungen auf den Packungen. Eine davon kam mir gleich irgend-

---

piece Stück
(not) any more (nicht) mehr
brand Marke
piece of evidence Beweisstück

wie bekannt vor, sie war grellrot und zeigte einen schlappohrigen Hund. “Look”, rief ich und deutete darauf. “This is the food Jane **gave** Ken.”
Fenny nahm die Packung aus dem Regal und drehte sie um. Das abgebildete Trockenfutter war oval, matschfarben und etwa so groß wie ein Daumennagel. “**Bingo**”, sagte Fenny.
Wir kauften drei Schokoriegel und eine Banane, dann gingen wir heim. Unterwegs überlegten wir, was in aller Welt unser Fund eigentlich bedeutete.
Ich schälte die Banane. “Maybe **someone** put the dog food there and Ken found it when he was running across the Heath trying to get home.”
“Or someone **saw** him before we found him and gave him the food because he looked hungry.”

Als wir heimkamen, war Steve bereits zurück und hatte angefangen, das Mittagessen vorzubereiten. Lasagne. Fenny berichtete ihm sofort von ihrem Fund.
“**You shouldn’t have gone** to the Heath alone”, sagte Steve streng, doch dann grinste er. “Can I see your piece of evidence?”

---

gave hat gegeben
bingo Treffer
someone jemand
saw hat gesehen
you shouldn’t have gone ihr hättet nicht gehen sollen

Fenny reichte ihm das Taschentuch, das jetzt hellbraune Flecken hatte. Genau wie Hosen sollten auch Taschentücher niemals weiß sein, das bringt's einfach nicht.
"There are so many brands of dry dog food. This isn't a **coincidence**", fand Steve. "If the food was where we found Ken, then the **only explanation** is that Jane or Miranda put it there. I have a **wild theory**." Er hob bedeutungsvoll den Kochlöffel, von dem Bechamelsoße auf den Boden tropfte. "Do you want to hear it?"
"Sure", sagte ich, den Mund voller Schokolade. "Sure" ist eins dieser nuscheligen Wörter, die sich auch mit vollen Backen perfekt aussprechen lassen. Überhaupt eignet sich Englisch viel besser dafür, mit vollem Mund gesprochen zu werden als Deutsch. Ich muss es wissen, denn wenn ich immer nur dann reden würde, wenn mein Mund leer ist, könnte man mich glatt für stumm halten.
Steve sah uns mit Verschwörermiene an. "What if Ken didn't run away at all?"
"You mean, someone **stole** him?", fragte ich verwirrt.

---

coincidence Zufall
only einzige
explanation Erklärung
wild theory wilde Theorie
stole hat gestohlen

"No, Jane and Miranda **abandoned him**."
Das war ein völlig neuer Gedanke, den ich erst mal verdauen musste. "Wait a minute. You think **they chased him away**? Their own dog?"
"They didn't **exactly** chase him away. They **took** him to the other side of the Heath, and walked away."
"But **wouldn't he have followed them?**"
"You can **train** a dog to wait until you call him", sagte Fenny. "But I think this theory is **nonsense**. If they wanted to abandon him they would have taken off his **collar**. And why were they so happy to have him back?"
"Maybe they **forgot** to remove his collar, and then when you called **they realized** that they had made a mistake. That's why they pretended they were **delighted**."

(they) abandoned him (sie) haben ihn ausgesetzt
they chased him away sie haben ihn weggejagt
(not) exactly nicht wirklich
took haben ... gebracht
wouldn't he have followed them? wäre er ihnen nicht gefolgt?
train abrichten
nonsense Unsinn
collar Halsband
(they) forgot (sie) haben vergessen
they realized es wurde ihnen klar
delighted hocherfreut

Fenny verzog den Mund. "But why would they abandon their dog? If they wanted to **get rid of him** they could have given him to **someone else**. And how did they take him to that place? They don't even have a car. **Nobody** takes a taxi when they want to abandon a dog."

Da machte es bei mir im Kopf "Klick!" Der Gedanke, den ich ins Unterbewusstsein zurückgestopft hatte, damit er endlich klare Formen annahm, war laut und deutlich in mein Bewusstsein gepurzelt.

"Hey!", rief ich. "Now **I remember what's been nagging me** all the time. It's the car."

Steve widmete sich wieder der Soße, damit sie nicht klumpig wurde. "Which car?"

"The **non-existent** car. When Fenny called, Jane said she couldn't **fetch** Ken because they didn't have a car. But how did they know they needed a car to fetch him? Fenny hadn't told them where she lived."

"Huh?", machte Fenny, also erklärte ich es ihr ausführlicher. Wenn Ken wirklich weggelaufen wäre, hätte Jane sicher erst mal angenommen, dass er ir-

---

get rid of him ihn loswerden
someone else jemand anders
nobody niemand
I remember ich erinnere mich
what's been nagging me was mich die ganze Zeit schon gestört hat
non-existent nicht-existierend
fetch holen

gendwo in der Nähe sein musste und nicht am anderen Ende des Heath, wo sie ein Auto brauchen würden, um ihn zu holen. Da sie also wussten, dass er so weit weg war, folgerte daraus, dass sie ihn selbst dorthin gebracht hatten. Damit hätte Steve recht: Sie hatten Ken ausgesetzt.

“It’s **against the law** to abandon dogs”, sagte Fenny so streng, als stünden Jane und Miranda vor ihr. “We’re going to **sue** them.” Sie neigt dazu, immer gleich überzureagieren.

“Nobody will believe us”, sagte Steve. “And we **still** don’t know why they did it.”

“We’ll find out”, sagte Fenny. “And then we’ll sue them.”

Mami und Beverly kamen pünktlich heim, gerade als Steve die Lasagne aus dem Ofen zog. Mami hatte eine neue Frisur – kurz, frech, fransig mit hellen Strähnchen. Irgendwie sah es so aus, als hätte sie sich die Haare von einer Ziege abknabbern lassen, allerdings von einer edlen Mohairziege mit Gefühl für Chic. “Krass”, sagte ich anerkennend.

Sie war zum Glück so damit beschäftigt, an ihrer ungewohnten Frisur herumzuzupfen, dass sie nicht auf die Idee kam zu fragen, was wir den ganzen Morgen allein daheim getrieben hatten.

---

against the law gesetzwidrig
sue verklagen
still (immer) noch

Nach dem Mittagessen wäre Fenny am liebsten sofort mit Steve und mir losgezogen, um auf dem Heath nach weiteren Spuren zu suchen, aber es fing so heftig zu regnen an, dass wir doch lieber daheimblieben und es uns in ihrem Zimmer gemütlich machten.

"Maybe they're **crazy**", sagte Steve.

"Who's crazy?", fragte ich. "Mum and Beverly?" Was war daran verrückt, sich die Haare schneiden zu lassen?

"No, he means Jane and Miranda", erklärte Fenny. "I **bet they're totally nuts** and hear voices in their heads telling them to abandon their dog on the Heath. I can't think of any other reason why they would do it."

Wir überlegten angestrengt. Mir fiel ein Grund ein, aber so richtig plausibel war er auch nicht. "Maybe they wanted to **test whether** Ken would find his way home."

"What for?"

Ich zuckte die Schultern.

Wir gaben es auf, uns den Kopf zu zerbrechen und hörten ein paar von Steves CDs. Anschließend halfen wir ihm, einen kleinen Snack fürs Abendbrot vorzu-

---

crazy verrückt
bet wette
they're totally nuts sie spinnen total
test ausprobieren
whether ob

bereiten. Steve schnitzte Mäuse aus Radieschen, die ich dekorativ auf Lochkäse verteilte. Fenny wuselte um uns herum wie ein junger Hund und plapperte unaufhörlich.

“Did you know that Frederick Terry was a police officer before he **became** a pianist? When he was a child he **won** a big piano **competition**, but later he became a police officer. **Two years ago** he **decided to quit his job** and go back to playing the piano. I wish we could tell him about our problem. What do you think, should we go to his **dressing room** after the concert?”

Steve meinte: “I **doubt** our case will **interest** him **at all**.”

So leicht ließ Fenny sich nicht entmutigen. “Then I'll **at least** go and get his **autograph**.”

---

became wurde
won hat gewonnen
competition Wettbewerb
two years ago vor zwei Jahren
decided hat beschlossen
to quit his job kündigen
dressing room Garderobe
I doubt ich bezweifle
interest interessieren
at all überhaupt
at least wenigstens
autograph Autogramm

Ein verblüffendes Angebot

Wir waren schon auf dem Weg zur Wigmore Hall, als mir siedend heiß einfiel, dass ich nichts zu essen dabei hatte, aber ich wollte Beverly nicht bitten, noch mal umzudrehen. In spätestens einer Stunde würde mein Magen so laut knurren, dass selbst eine fünfköpfige Rockband nicht dagegen ankommen würde, geschweige denn ein einzelner Pianist.

Ein langer Vorraum, in dem Bilder hingen wie in einer Galerie, führte zum Vestibül der Wigmore Hall, wo zwei große Flügeltüren sich in den Saal öffneten. Beverly stellte sich an, um unsere vorbestellten Eintrittskarten abzuholen. Die Konzertbesucher waren unterschiedlich angezogen. Manche einfach in abgewetzten Jeans und zerschlissenen Pullis, andere in Anzügen oder Kostümen, und einige in feierlicher Abendgarderobe. Aber so festlich rausgeputzt wie Mami war niemand.

Unsere Plätze befanden sich in der dritten Reihe. Wir saßen auf weichen, dunkelroten Polstersesseln. Gedämpftes Licht drang durch eine verglaste Dachkuppel. Ein Gong ertönte und Frederick Terry betrat in einem weißen Frack die halbrunde Bühne, wo ein ebenfalls weißer Flügel stand. Tosender Applaus empfing ihn. Terry lächelte, fast ein wenig beschämt über so viel Zuwendung, verneigte sich und nahm auf der Klavierbank Platz. Einige Sekunden schien es, als hätte er vergessen, weswegen er hier war. Sein Blick war in die Ferne gerichtet, seine Hände lagen auf seinen Oberschenkeln. Dann durchzuckte ihn etwas und er legte los.

Er spielte göttlich. Absolut der Musik hingegeben, verschmolz er förmlich mit den Tasten. So würde ich nie spielen können, das war klar, aber ich wollte ja auch nicht Pianistin werden sondern Tierärztin, genau wie Fenny. Wir würden zusammen eine Praxis in London aufmachen und Steve als Koch einstellen. Perfekt!

In der Pause entdeckte ich im Vestibül einen Stand, an dem Eiskrem verkauft wurde. So was brachten auch nur die Londoner fertig! Ich war gerettet. Ich schaffte drei Eisbecher in fünfzehn Minuten und stellte damit einen neuen persönlichen Rekord auf.

Nach dem Konzert, das wegen endloser Zugaben und immer wieder aufbrandenden Applauses eine Stunde länger dauerte als geplant, versuchten Mami und Beverly uns einzureden, dass wir todmüde waren und dringend ins Bett gehörten. Aber Fenny wollte ein Autogramm. Unbedingt. Vorher weigerte sie sich, auch nur ansatzweise müde zu sein.

Steve überraschte uns mit ungeahntem detektivischen Spürsinn und fand heraus, wo es zu den Künstlergarderoben ging. Aber er traute sich nicht mitzukommen. Er blieb mit unseren sichtlich ungeduldigen und genervten Müttern im Vestibül, während Fenny und ich mal wieder in geheimer Mission unterwegs waren und uns hinter der Bühne durchschlängelten, bis wir eine offene Tür fanden, hinter der Gelächter erklang.

Frederick Terry, jetzt ohne Frack und hemdsärmelig, lehnte an seinem Schminktisch und unterhielt sich mit einigen Leuten, die Sekt tranken. Als er uns entdeckte, wurde er nicht etwa wütend, wie ich fast befürchtet hatte, sondern winkte uns lächelnd herein.

Er war schlank, hatte graublonde Haare, eine Adlernase und braune Augen mit einem Kranz von Lachfalten. Mit einer Stimme wie ein heiserer Bär sagte er: "I saw you sitting in the third **row**. I hope **you enjoyed** the concert."

"We loved it", versicherte Fenny. "**Especially** the **interval** and the ice-cream."

Mir war das endlos peinlich, aber Terry lachte aufrichtig amüsiert.

Ich war zum ersten Mal in meinem Leben so unsicher, dass ich kein Wort herausbrachte, dabei hätte ich ihm so gern gesagt, wie sehr mich sein Klavierspiel beeindruckt hatte. Solche Hemmungen kannte Fenny nicht. Als wäre sie ein bedeutender Musikkritiker, meinte sie: "You're an excellent pianist", und

---

row Reihe
you enjoyed ihr habt genossen
especially besonders
interval Pause

bat um ein Autogramm. Terry gab uns beiden eins mit einer persönlichen Widmung.
“To Emma, with **musical greetings**, Frederick Terry.” Ich strahlte.
Eigentlich hätten wir uns jetzt bedanken und gehen sollen, aber Fenny stand wie angewurzelt. Ich zupfte sie am T-Shirt-Ärmel, doch sie bemerkte mich gar nicht. Die anderen Leute waren in den Flur gegangen, um sich dort weiter zu unterhalten. Plötzlich wurde mir klar, was Fenny vorhatte. Sie würde uns grenzenlos blamieren.

---

musical greetings musikalische Grüße

"Do you sometimes **miss** your **work** as a police officer?", fragte sie ganz direkt.
"**Certainly not**. But I enjoyed **solving cases**."
Damit hatte er Fenny das richtige Stichwort gegeben.
"Emma and I are trying to solve a case, too." Und schon legte sie los und erzählte haarklein von der Sache mit Ken. Sie redete ohne Punkt und Komma, und vieles machte bestimmt keinen Sinn für Terry, da sie immer wieder zwischen dem Telefonat, der Einladung und unserer Entdeckung im Supermarkt hin und hersprang.
Terry hörte ihr geduldig zu. "Hm", machte er, als sie fertig war. "So **you have a hunch** that something's wrong with those two ladies, right?"
"Yes."
Er legte den Kopf schief. "When I was still a detective, I always followed my hunches. That's how I solved most of my cases."
Ich war verblüfft, dass er sie tatsächlich ernst nahm.
"What do you **plan** to do about it?", wollte er wissen.
Fenny hatte natürlich schon einen Plan. "We're going to watch their house."

---

miss vermissen
work Arbeit
Certainly not. Auf keinen Fall.
solving cases Fälle lösen
you have a hunch ihr habt einen Verdacht
plan planen

"Before **you start observing** Jane and Miranda, I suggest you **think through** everything that **happened once again**. Maybe there's something you didn't think was **significant** at the time, but which you'll see **in a different light** now." Er schrieb etwas auf einen Zettel und reichte ihn Fenny. "That's my **private** number. You can call me if you need **help**."

Fenny machte riesige Augen, starrte auf den Zettel, auf Terry, dann auf mich. "Wow! I mean, thank you."

Ich war so baff, dass ich keinen Laut über die Lippen brachte. Dafür sagte mein Magen ganz laut: "Grrrrrrummel."

Terry tat freundlicherweise so, als hätte er es nicht gehört.

---

you start observing ihr anfangt zu beobachten
think through durchdenken
happened passiert ist
once again noch einmal
significant bedeutsam
in a different light in einem anderen Licht
private privat
help Hilfe

Schock um Mitternacht

Auf der Heimfahrt nieselte es leise auf die Windschutzscheibe. Eingequetscht zwischen Steve und mir schwärmte Fenny: “I’m so **excited**, I’m sure **I won’t be able to** sleep tonight.” Keine zehn Sekunden später sank ihr der Kopf auf die Brust und sie schnärchelte leise vor sich hin wie ein sattes Baby.
Steve reichte mir über Fenny hinweg eine Packung Erdnüsse. “I **got** them at the bar.”
Er sah vielleicht aus wie ein Eichhörnchen, aber er war ein Engel. Die Jungs in meiner Klasse rissen immer nur doofe Witze über mich. Gefüttert hatte mich von denen noch keiner.
Während ich Erdnüsse knabberte, befolgte ich Terrys Rat und ging die ganze Sache noch mal Stück für Stück in Gedanken durch, jede Kleinigkeit, an die ich mich erinnern konnte. Ich stutzte, als ich an dem Moment angelangt war, wo wir nach Roastbeef und Yorkshire Pudding nach Hause gekommen waren. Beverly hatte ihren Hausschlüssel nicht sofort gefunden, weil sie ihn in die falsche Jackentasche gesteckt hatte. Jedenfalls sagte sie das. Was aber, wenn sich jemand an ihrer Jacke zu schaffen gemacht hatte?

---

excited aufgeregt
I won’t be able to ich werde nicht ... können
got habe bekommen

Weiter kam ich nicht mit meinen Überlegungen, denn Beverly stellte den Motor ab und wir stiegen aus. Beverly trug die tief und fest schlafende Fenny ins Haus. Steve begleitete mich in die Küche, weil wir Durst hatten. Ein kalter Luftzug wehte uns entgegen, durch die offene Hintertür regnete es rein.

“Someone **left the back door open**”, rief Steve in den Flur, bevor er die Tür schloss.

Beverly kam sofort angerannt. Sie sah die Bescherung, holte einen Wischmopp und fegte über den nassen Küchenboden. Dann hielt sie mitten in der Bewegung inne und runzelte die Stirn. “Did one of you **leave** it open?”

Die Hintertür führte in den Teil des Gartens, wo Wildkräuter wuchsen, die Steve gern als Dekoration für seine Menüs benutzte. “I’m sure I **locked** the door after I made dinner”, versicherte er.

“You’re right. I **checked** the door before we **left**.”

Beverly ließ den Mopp fallen und riss einen Oberschrank auf. Sie entnahm eine Teedose, öffnete sie, sah hinein und schrie: “It’s **gone**! I kept money in there. It’s gone. Someone’s stolen it.”

---

left the back door open hat die Hintertür offen gelassen
(did) leave hat gelassen
locked habe abgeschlossen
checked kontrollierte
left *hier:* gegangen sind
gone weg

Mami erschien in der Küchentür, blass und aufgeregt. "My room's been **ransacked**. My **credit cards** and **jewellery** are gone."
"**Shit!**" Es war das erste Mal, dass ich Beverly fluchen hörte.
Aufgeregt ging ich Fenny wecken. "There's been a **burglary**."
Sie zwinkerte verschlafen. "Where?"
"Here."
Gähnend kroch sie aus dem Bett. Wir durchsuchten ihr Zimmer, ob etwas fehlte. Meine T-Shirts und Unterwäsche lagen noch genauso unordentlich neben der Matratze, wie ich sie gestern hingepfeffert hatte. Auch an meiner nagelneuen Zahnbürste hatte sich niemand vergriffen.
Fenny versicherte sich, dass ihr Terry-Autogramm noch da war, was natürlich unlogisch war, denn der Einbruch hatte ja während unserer Abwesenheit stattgefunden, bevor Fenny das Autogramm bekommen hatte. Sie war wohl noch nicht so ganz wach. Das änderte sich jedoch schlagartig, als es klingelte und zwei Polizisten vor der Tür standen.
Beverly hatte sie angerufen. Völlig aufgelöst erklärte

---

ransacked geplündert
credit cards Kreditkarten
jewellery Schmuck
Shit! Scheiße!
burglary Einbruch

sie: “There was a burglary while we were at a concert. They **came in** through the back door.”
Sie führte die Polizisten in die Küche. Sie sahen sich die Hintertür an und stellten fest: “No **signs** of **forced entry**. You must have left the door open. That was **practically** an invitation to **burglars**.” Es klang sehr tadelnd.
“But the door was **locked**, I **swear**.”
Mami meldete sich zu Wort. “Maybe the burglars came in through a window and then left through the back door.”
Die beiden Polizisten berieten sich kurz. “You all stay here in the kitchen, we'll **search** the house”, trug einer von ihnen uns auf.
Beverly kochte Tee, nur um sich irgendwie zu beschäftigen. Ihre Hände zitterten die ganze Zeit.
Schließlich hatten die Polizisten die Suche beendet. “All the windows are closed and **intact**. The cellar door is locked. No signs that **anyone** came in

---

came in sind reingekommen
signs Anzeichen
forced entry gewaltsames Eindringen
practically praktisch
burglars Einbrecher
locked abgeschlossen
swear schwöre
search durchsuchen
intact unbeschädigt
anyone irgendjemand

through the front door, **unless** they used a key. Do you keep a key under a stone in the garden, like some people do?" Wieder schwang Tadel in der Stimme des Polizisten mit.

Noch während Beverly versicherte, dass sie solchen Unfug niemals machen würde, begann es in meinem Gehirn zu rattern, erst langsam, dann schneller, und schließlich machte es "Ping!" und ich wusste genau, was passiert war. Alles passte plötzlich zusammen.

Ich war so aufgeregt über meine Entdeckung, dass ich den Erwachsenen einfach ins Wort fiel. "I think I've solved the case. Jane Jenkinson and Miranda Miller-Smith are the burglars."

Mami und Beverly starrten mich an, als hätte ich den Verstand verloren.

Ich sprudelte los und brachte es fertig, die ganze Geschichte noch schneller und konfuser runterzurattern, als Fenny sie Terry erzählt hatte. Nur Fenny und Steve schienen zu kapieren, was ich allen klarzumachen versuchte: Die ganze Sache mit Ken war nur eine Finte, ein abgekarteter Trick der alten Damen. Jane und Miranda waren gewiefte Einbrecherinnen.

Ein Polizist meinte: "The girl's in a **state of shock**. **She'd better** go to bed."

Ich war fassungslos. "But you must go and search

---

unless außer
state of shock Schockzustand
she'd better sie sollte besser

their house. I'm sure you'll find my mother's jewellery there and **everything else**."

"Do you have any evidence?", fragte der Polizist fast schon zynisch.

Fenny spurtete aus dem Zimmer. Blitzschnell war sie wieder da und breitete das fleckige Taschentuch auf dem Tisch aus, damit jeder das Stück Hundetrockenfutter sehen konnte. "Here's our evidence."

Das hätte sie lieber bleiben lassen sollen, denn jetzt hatten wir jegliche Chance verloren, ernst genommen zu werden.

Die Polizisten sagten Beverly, dass sie morgen auf die Wache kommen sollte mit einer Liste der Dinge, die fehlten. Außerdem müsse sie das Protokoll unterschreiben und offiziell Strafanzeige stellen.

Und was war mit Spurensuche? Fingerabdrücken? Nichts. Die Polizisten versprachen nur noch, am nächsten Morgen in der Nachbarschaft herumzufragen, ob jemand zur fraglichen Zeit etwas Verdächtiges beobachtet hatte.

"Ask them if they saw two elderly ladies", warf ich noch ein, aber ich hätte genauso gut bellen oder maunzen können – mir hörte ja doch keiner mehr zu.

Nachdem die beiden Polizisten sich verabschiedet hatten, saßen wir alle erst mal starr vor Schreck um den Küchentisch und tranken Tee.

---

everything else alles andere

"We have to call our husbands", sagte Beverly schließlich. "We must tell them what happened."
Steve nickte. "And I have to call my parents."
"What for?", fragte Fenny.
"To tell them I'm all right."
"You want to wake them up in the middle of the night just to tell them you're all right? You'll just **worry them** by telling them we had a break-in."
"I have to call them. I need to hear my mum's voice." Steve war den Tränen nahe. Schnell drehte er sich weg, dann rannte er auf sein Zimmer. Ich fand es völlig in Ordnung, dass er sich von seiner Mutter trösten lassen wollte. Ich konnte jetzt auch Trost vertragen. Zum einen wegen des Schocks, zum anderen, weil ich vor den Polizisten wie eine Idiotin dagestanden hatte.
Mami hatte bereits Papi am Apparat. Ich ließ sie gerade mal zwei Sätze mit ihm wechseln, dann riss ich ihr den Hörer aus der Hand und erzählte, dass ich den Fall bereits gelöst hatte. Ich musste nur noch Beweise finden.
Papi gähnte. "Jetzt kapier ich überhaupt nichts mehr. Gib mir bitte noch mal Gitte."
Aber da griff schon Beverly nach dem Hörer und wollte Jack sprechen. Zuletzt bestand Fenny darauf,

---

worry them sie aufregen

dass ihre Brüder geweckt wurden und an den Apparat kamen, damit sie ihnen erzählen konnte, was hier Aufregendes passiert war.

Ich merkte, dass ich todmüde war. Ich konnte kaum noch geradeaus denken. Den Weg die Treppe hoch schaffte ich mit Müh und Not. Ich schälte mich aus der Jeans und plumpste auf die Matratze. Im Zimmer nebenan hörte ich Steves Stimme. Er hatte seine Eltern von seinem Handy aus angerufen.

Gerade wollte ich wegdämmern, da rüttelte Fenny an meiner Schulter. "Mum wouldn't let me call him."

"But we called our dads, didn't we?", fragte ich benebelt.

"I'm not talking about Dad. I'm talking about the only **person** who can help us **prove** you're right. Mum says it's **rude** to call someone at two in the morning. She's so difficult sometimes."

Ich schaffte es, ein Auge zu öffnen und Fenny damit anzublinzeln. "**What are you getting at?** Who's going to help us?"

"Well, Frederick Terry, of course. Who else?"

---

person Person
prove beweisen
rude unhöflich
What are you getting at? Worauf willst du hinaus?

Modus Operandi

Ich war total aufgeregt, als Fenny am nächsten Morgen Terrys Nummer wählte. Ob er uns glauben würde? Hoffentlich war er überhaupt da. Es klingelte und klingelte, dann meldete sich eine Frauenstimme.
"Hi, this is Fenny Nevil", sagte Fenny. "I'd like to speak to Mr Terry."
Ich beneidete sie darum, wie sicher und selbstverständlich sie sich am Telefon benahm. Das kam wahrscheinlich daher, dass sie ständig irgendwelche Leute wegen entlaufener, verwundeter oder misshandelter Tiere anrief.
Wenige Sekunden später klang Terrys tiefe, kratzige Stimme durch die Leitung. "Hi, Fenny. How can I help you?"
Fenny zögerte kurz. Wir wussten beide, wie wichtig es war, dass sie keinen Unfug redete wie sonst. Terry war unsere einzige Chance, bei unserem Fall Hilfe zu bekommen. Die durften wir nicht verpatzen.
"**There was** a burglary at our house last night. Emma and I think we know what happened, but the police don't believe us."
"**Has it got to do with** the stray dog, Mrs Jenkinson and Mrs Miller-Smith?"

---

there was es gab
Has it got to do with ...? Hat es mit ... zu tun?

Fenny und ich tauschten einen bewundernden Blick. Nicht nur, dass er sich die Namen gemerkt hatte, er hatte auch sofort den Zusammenhang vermutet. Er musste ein begnadeter Kriminalinspektor gewesen sein. Eigentlich eine Schande, dass er das aufgegeben hatte.

"Yes, it has", bestätigte Fenny.

"Then I **suggest** you come over **to my place** so we can **discuss** it." Er gab uns seine Adresse und fragte, ob wir jemanden hätten, der uns hinbringen könnte.

"Yes, no problem. Thank you." Fenny legte auf und klatschte in die Hände. "**Whoopee!**"

Da Beverly mit Mami zur Polizeiwache gegangen waren, bestellten wir uns ein She-Cab. Steve war wie jeden Morgen in seinem Kochkurs. Aber Fenny und ich würden das auch alleine hinbekommen.

Terry wohnte in der vornehmsten Gegend, die ich je gesehen hatte, mit breiten Straßen, in denen kaum Autos fuhren, und wenn, dann waren es hochglanzpolierte Edelkarossen. Die Häuser standen in parkähnlichen Gärten und sahen alle frisch verputzt aus.

Etwas beklommen warteten wir in der strahlenden

---

suggest schlage vor
to my place zu mir
discuss besprechen
Whoopee! Juhu!

Morgensonne vor dem breiten Gartentor. Fenny klingelte, es summte, das Tor schwang auf.
Terry stand mit einer getigerten Katze auf dem Arm an der Treppe und begrüßte uns. "Good morning, girls. I **hope** you like hot chocolate."
Er führte uns in einen Raum, der einschüchternd edel aussah, mit hohen Bücherwänden, breiten Sofas, Marmortischen und mittendrin einem schwarzen Flügel.
Eine fröhlich aussehende Frau mit einem Tablett in der Hand kam herein. "I hope you like hot chocolate."
Sie wunderte sich, warum wir alle lachten, aber sie lachte mit. Sie war nicht viel größer als ich, hatte lange rote Locken, grüne Augen und unzählige Sommersprossen.
"That's my **niece** Cecilia", stellte Terry sie vor. "And this is Fenny and Emma."
Wir nahmen um den Couchtisch herum Platz. Terry setzte die Katze neben sich.
Cecilia stellte eine Schale Milch vor das Tier. Wenn ich mir so etwas daheim erlauben würde, bekäme Mami glatt einen Nervenzusammenbruch, dabei war unser Sofa schäbig im Vergleich mit diesem hier.

---

hope hoffe
niece Nichte

"This is Mario", stellte Cecilia den niedlichen Kerl vor. "He's a bit **shy**."
Fenny schaute ganz verliebt drein.
"I hope it's **all right** if Cecilia joins us", sagte Terry. "She **often** helped me during my **investigations**."
Es klang gerade so, als hätten wir einen hochbrisanten Fall. Ich fühlte mich gleich ein ganzes Stück erwachsener. Es war ein tolles Gefühl, endlich ernst genommen zu werden.
"It must have been **quite a shock** to come home and find someone **had broken into** your house", sagte Cecilia mitfühlend.
Fenny erzählte von der offenen Hintertür und den fehlenden Einbruchsspuren.
Terry hörte aufmerksam zu. "How did you make the **connection** with the ladies?"
Fenny deutete auf mich. "Emma made the connection."
Nun war ich am Zug. "When we **drove** home last night, I did what you suggested. I went through everything again in my head. And I remembered that

---

shy schüchtern
all right in Ordnung
often oft
investigations Ermittlungen
quite a shock ein ziemlicher Schock
had broken into war eingebrochen
connection Zusammenhang
drove gefahren sind

Beverly had to search for the house key after our dinner with Jane and Miranda. She found it in the wrong pocket and thought she had put it in there **herself**. But I suddenly realized that someone else must have put it there. Someone who had made a **copy** of the key. That's why there were no **traces** of a forced entry."

Ich konnte sehen, wie es in seinem Kopf arbeitete. Ein leichtes Lächeln umspielte seine Lippen. Er hatte genau die gleichen Schlussfolgerungen gezogen wie ich, aber er war so höflich es mir zu überlassen, sie weiter auszuführen.

"My theory is this", fuhr ich fort. "Jane and Miranda are **con artists**. They **lied** when they said they didn't have a car. This is just to **lure** people to their house. They use a really **mean** trick. First they take Ken to **somewhere** on the Heath far away from where they live. They leave some food behind, to make sure he doesn't run after them. Then they wait until someone calls to say they've found the dog. They invite them for lunch or dinner. This

---

herself selbst
copy Kopie
traces Spuren
con artists Trickdiebinnen
lied haben gelogen
lure locken
mean gemein
somewhere irgendwo

gives Jane the opportunity to make a copy of their key."

Ich war mir nicht sicher, wie man so schnell einen Schlüssel kopieren konnte, aber Terry erklärte mir, dass man einfach einen Wachsabdruck machte und später eine Kopie feilte.

"I remembered that when Jane went to get the dessert she was gone for a very long time. This must have been when she looked for the key. Afterwards she put it into the wrong pocket. She must also **have looked up** our address on Beverly's **driver's licence**."

Terry nickte. "**Makes perfect sense to me**. How did they know you'd be out last night?"

"During dinner, they asked **thousands** of questions. They wanted to know all about our plans during my holiday. And of course we told them everything because we thought they were just **nosy** old ladies. I'm sure that last night they drove to our house and **let themselves in** with the **copied** key. They only stole small things they could hide in a bag. Before

---

have looked up hat nachgesehen
driver's licence Führerschein
Makes perfect sense to me. Das leuchtet mir ein.
thousands Tausende
nosy neugierig
(they) let themselves in (sie) haben sich reingelassen
copied kopiert

they left, they opened the back door **to make it look as if** they had come in that way."

Cecilia schüttelte ihre roten Locken. "I bet they don't even need the money. They just enjoy tricking people. What a **nasty** thing to do, abandoning the poor dog **over and over again**."

---

to make it look as if damit es so aussah, als ob
nasty böse
over and over again immer wieder

"Yes, that's the meanest part of the plan", stimmte Fenny zu.
"The police don't believe us", sagte ich. "They refuse to search their house."
"That's because they need a **search warrant**", erklärte Terry. "**In order to get one** you must have **hard evidence, witnesses and so on**. But I think I can help you. I still have some **contacts**. I'll check Jane's and Miranda's **background**."
"You could also look for cases with a **similar** MO", schlug Cecilia vor.
"What's an MO?", fragte ich.
Cecilia kraulte Mario, der ein lautes Schnurrkonzert anstimmte. "MO is short for 'modus operandi'. It means the way a crime is **carried out**."
"In this case", sagte Terry, "I'll look for burglaries that **took place** near the Heath, especially those with no signs of forced entry."

---

search warrant Durchsuchungsbefehl
in order to get one um einen zu bekommen
hard evidence handfeste Beweise
witnesses Zeugen
and so on und so weiter
contacts Kontakte
background Vorgeschichte
similar ähnlich
carried out durchgeführt
took place stattgefunden haben

Er ließ sich Fennys Handynummer geben und versprach, sich bald zu melden.
“Do you think we should **observe** their house?”, fragte Fenny. Sie war anscheinend ganz wild darauf.
“**Better not.** The ladies could **turn out to be** dangerous. And **observation** is more boring than you can **imagine**. You wait for hours and hours and nothing happens. You get tired and hungry.”
Damit war klar, dass das nichts für mich war. Auch Fenny war überzeugt. Wir tranken aus und verabschiedeten uns. Fenny warf noch einen zärtlichen Blick auf Mario, der sich auf Cecilias Schoß zusammengerollt hatte.
Jetzt hatten wir endlich Zeit für etwas, worauf ich mich schon lange gefreut hatte. Unser Fall war ja in guten Händen. Wir nahmen ein She-Cab zum Zoo und ich durfte die Löwenjungen anschauen. Sie sahen aus wie lebende Plüschtiere.
Ich dachte an meinen Zoo daheim und nahm mir vor, gleich heute Abend Paul anzurufen und zu fragen, ob es Mr Belly, Ronny und Pummelrübe gut ging.

---

observe beobachten
Better not. Lieber nicht.
turn out to be sich herausstellen als
observation Überwachung
imagine sich vorstellen

Auf eigene Faust

Terry meldete sich am nächsten Morgen. Es war Samstag. Wir frühstückten spät und ausgiebig. Beverly und Mami wollten uns unbedingt zum Einkaufen mitschleppen. Es gäbe da so reizende Boutiquen mit wunderschönen Designerklamotten für Kinder. Als ob ich jemals freiwillig eine Boutique betreten würde!

Steve hatte samstags keinen Kurs. Er schlug vor, dass wir Kinder in einen Buchladen gingen, weil er sich mit neuen Kochbüchern eindecken wollte. Unsere Mütter waren einverstanden und machten sich ohne uns auf den Weg. Wir atmeten auf.

Und da klingelte auch schon Fennys Handy. Sie nestelte es aus ihrer Hosentasche. Es war Frederick Terry! Aber kaum hatte sie sich gemeldet, piepste es laut und das Handy schaltete sich ab. Der Akku war leer. Fenny hatte ihr Handy die ganze Nacht angelassen. Entsetzt starrte sie es an. “What now?”

“We call him back on the **landline**”, sagte Steve seelenruhig. Wenn er sich nicht gerade vor Hunden verstecken musste, war er nämlich gar kein Weichei. Er war halt nicht so ein Rabauke wie Fennys Brüder, aber genau das mochte ich an ihm.

---

landline Festnetz

So schlau, das Festnetz zu benutzen, war Terry auch gewesen, denn das Telefon klingelte bereits. Wir schalteten den Lautsprecher an und setzten uns mit dem Handapparat um den Küchentisch.

"I think you're absolutely right about those two ladies", begann Terry. "They lied to you. First of all, they own two cars, a Mini Cooper and a Land Rover."

"Ha!", machte Fenny.

"There's more", fuhr Terry fort. "Jane Jenkinson has a **previous conviction**. **The charges** were **fraud** and **forgery**."

"Wow."

"And here's the most interesting thing of all: I've found a case of burglary with a similar MO."

"Yes!" Fenny stieß eine Faust in die Luft.

"**First thing** Monday morning I'll talk to the **victim**, John Goodwin. If he's met Jane and Miranda too, I'll talk to my **former colleagues**."

"Why on Monday? Why not now?"

"Because I'm flying to Dublin today. I've got a con-

---

previous conviction Vorstrafe
the charges die Anklage
fraud Betrug
forgery Fälscherei
first thing als Allererstes
victim Opfer
former colleagues ehemalige Kollegen

cert there. But I'll call you as soon as I've talked to Mr Goodwin. Enjoy your weekend."

Fenny bedankte sich überschwänglich, legte auf und grinste in die Runde. "*Enjoy your weekend.* **You bet.** We're going to observe Jane and Miranda."

"Is that a good idea?", wandte ich ein. "Mr Terry helped us. We should leave it all to him now."

Fenny war so entrüstet, dass ihre kurzen, zerzausten Haare regelrecht zu Berge standen. "We can't wait until Monday. What if they abandon Ken again? Poor dog. No, we must **make sure** nothing like that happens to him again."

"I've got a better idea", sagte Steve. "Mr Terry **mentioned** a name. John Goodwin. That must be the other burglary victim. We could talk to him."

Fenny holte sofort das Londoner Telefonbuch, einen dicken Wälzer. Darin gab es viele Goodwins. Erschwerend kam hinzu, dass die meisten Vornamen nur als Anfangsbuchstaben eingetragen waren. Hinter jedem J Goodwin konnte sich auch ein Jack, Joe oder Jeremy verstecken. Zum Glück stand bei den meisten Einträgen die Adresse dabei. Fenny holte also auch noch einen Stadtplan. Ein Stadtplan von London, in dem alle Straßen verzeichnet sind, ist nicht einfach nur eine Karte, die man auffaltet, son-

---

You bet. Und ob.
make sure sichergehen
mentioned hat erwähnt

dern ein richtiges Buch. Trotzdem mussten wir nicht jede einzelne Straße nachsehen, denn London ist in Gebiete unterteilt, die mit Buchstaben-Zahlen-Kombinationen versehen sind. Die Nevils wohnten in NW3, Jane und Miranda in N6.

Von allen J Goodwins lebte nur einer in der Nähe des Heath, ganz am Südzipfel. Jane und Miranda wohnten östlich. Klar, dass sie Ken möglichst auf der West-, Nord- oder Südseite aussetzten, damit er nicht von allein heimfand und damit der Finder ihn mit dem Auto zu ihnen bringen musste.

Diesmal ließen wir Steve anrufen, denn er war der Älteste von uns und würde am Telefon am ehesten erwachsen rüberkommen, auch wenn er den Stimmbruch noch lang nicht hinter sich hatte. Er räusperte sich und tippte die Nummer ein.

Mr Goodwin klang verschlafen und mürrisch. Darum machte Steve sich gar nicht erst die Mühe, groß drumherum zu reden. "I'm calling **about** Jane Jenkinson and Miranda Miller-Smith", sagte er. So erfuhren wir am schnellsten, ob Goodwin die beiden kannte.

"Yes, what about them?", brummelte Goodwin.

Steve hob fragend die Augenbrauen.

"Tell him their dog ran away again", flüsterte ich ihm ins Ohr.

---

about wegen

"They've lost their dog again."
"So why don't they **keep a better eye on him**? If they're not able to take care of Ken, they'd better buy a hamster **instead**." Damit legte Goodwin auf, aber wir wussten bereits genug: Er hatte den Namen Ken genannt, den Steve ihm nicht gesagt hatte. Er hatte also die Bekanntschaft des Hundes gemacht, mit Sicherheit auf ähnliche Weise wie wir.
"**Quick**, give me the telephone." Fenny riss es Steve aus der Hand und tippte eine Nummer ein. "I'm calling Mr Terry", erklärte sie knapp. "I learned his number **by heart**." Sie wartete lange, dann legte sie enttäuscht auf. "He's **probably already on his way** to the **airport**. What shall we do now? We can't wait until Monday. We have to go to the police."
Das hielt ich für aussichtslos. "They'll treat us like idiots, just like the other night. Probably all they'll do is ring Jane's **doorbell** and ask her some questions.
Then Jane and Miranda will have been **warned**."

---

keep a better eye on him besser auf ihn aufpassen
instead stattdessen
quick schnell
by heart auswendig
probably wahrscheinlich
already on his way schon unterwegs
airport Flughafen
doorbell Türklingel
warned gewarnt

"So we have to observe them", schloss Fenny. "If they drive Ken to the Heath, we'll **follow** them in a cab. Then we'll take Ken home with us where he's **safe**."

Fenny wollte sich sofort auf den Weg machen, aber Steve hielt sie zurück.

"Wait. We haven't decided on a plan yet."

"What do we need a plan for?"

"Observation has to be planned the way a cook plans a **five-course meal**. First of all, we need a **disguise**."

Wir überlegten, wie wir uns verkleiden konnten. Fenny durchwühlte ihren Kleiderschrank, fand aber nur ein Käferkostüm vom vorletzten Fasching.

"I have to **admit** it's not easy for us kids **to disguise ourselves**", räumte Steve ein. "When you're **grown up** you can wear a hat and sunglasses. But a kid with a hat and sunglasses still looks like a kid."

Wir gaben das mit dem Verkleiden also auf.

"We need coats with **hoods**", sagte Steve. "It

---

follow folgen
safe sicher
five-course meal Fünf-Gänge-Menü
disguise Verkleidung
admit zugeben
to disguise ourselves uns zu verkleiden
grown up erwachsen
hoods Kapuzen

might start raining. And we need **binoculars** and a **torch**."

Fenny zog die Augenbrauen zusammen. "A torch? In **broad daylight**?"

"Yes, **in case** we have to go into a cellar."

Sofort protestierte ich: "I'm not going into **any** cellars. **No way**. There are spiders in cellars."

"Just in case", beharrte Steve. Fenny fand eine Taschenlampe, deren Batterien leer waren. Steve opferte die Batterien aus seinem Wecker.

"And we need a **mobile phone**. Yours is **useless**", sagte er zu Fenny und ging sein eigenes Handy holen. Fenny schloss ihr Handy an den Akku an.

"Can we go now?", fragte sie ungeduldig.

"No", antwortete Steve ungerührt. "We also need something to eat and drink."

Fenny sagte schnippisch: "And a tent and sleeping-bags in case we have to stay at our **post** all night."

---

might könnte
binoculars Fernglas
torch Taschenlampe
in broad daylight am helllichten Tag
in case falls
any irgendwelche
No way. Auf keinen Fall.
mobile phone Handy
useless nutzlos
post Posten

Steve nahm sie beim Wort. "Hm, that would probably **attract too much attention**."
"**I was joking**, you **nitwit**!"
Während Steve den Proviant vorbereitete, schrieb ich einen Zettel für unsere Mütter, mit Steves Handynummer und einer beruhigenden, nichtssagenden Nachricht, damit sie nicht auf die Idee kamen, dass wir Unfug trieben. Fenny rief ein She-Cab.
Endlich konnte es losgehen.

---

attract too much attention zu viel Aufmerksamkeit erregen
I was joking Ich hab's nicht ernst gemeint
nitwit Idiot

Flucht nach vorn

Von der Straße aus war das Haus von Jane und Miranda fast nicht zu sehen, denn die Baumgruppe mitten in der Auffahrt versperrte den Blick. Von der anderen Straßenseite, die etwas erhöht lag, sahen wir mit dem Fernglas wenigstens das obere Stockwerk.
Zuerst fanden wir es total spannend, abwechselnd durch das Glas zu linsen, aber da sich überhaupt nichts tat, wurde es bald langweilig. Außerdem fielen wir allmählich auf. Es gab hier keinen Laden, in dem man sich vorübergehend hätte verstecken können, keine Schaufenster, in die man zur Tarnung hätte schauen können. Nur Wohnhäuser, Autos und hin und wieder einen Fußgänger. Wir wussten nicht mal, ob Jane und Miranda überhaupt daheim waren oder ob wir hier einfach nur unsere Zeit verschwendeten.
"We'll call them", schlug Fenny vor und nahm Steves Handy. In der Hosentasche hatte sie noch den Zettel mit der Adresse und der Telefonnummer.
Miranda meldete sich nach dem dritten Klingeln. Fenny legte sofort wieder auf. "She's **in**. We can't just stand here and wait. We have to get **closer** to the house. Maybe we can look inside."
"Uh-oh", machte Steve.

---

in *hier:* zu Hause
closer näher

"You can hide behind a tree. There are lots of trees in their garden."
Wir überquerten die Straße am nächsten Zebrastreifen. Von dort aus schlichen wir an den schwarz gestrichenen, eisernen Gartenzäunen entlang, die für London typisch sind. Kurz vor der Auffahrt blieben wir stehen. Fenny spähte um die Ecke. "**The coast is clear.**"
So gut es ging suchten wir hinter Sträuchern Deckung, während wir uns bis zu einem Weg vorarbeiteten, der unscheinbar und verborgen rechts am Haus vorbei in den Garten führte. Hier verschnauften wir erst mal. Was genau wir uns davon versprachen, in den Garten zu gelangen, war mir nicht wirklich klar. Aber Fenny hatte unmerklich das Kommando übernommen. Sie hatte bestimmt keinen Plan, sondern folgte ihren Impulsen. Kein besonders beruhigender Gedanke. Was, wenn sie plötzlich Lust bekam, durch ein offenes Fenster in den Keller einzusteigen und nach dem Diebesgut zu suchen?
Anscheinend konnte ich hellsehen, denn Fenny fragte gleich darauf flüsternd: "What if we find the things they stole from us? Can we take them back? Or would that be stealing from a **thief**?"
"We're not going inside", sagte ich leise, aber fest.

The coast is clear. Die Luft ist rein.
thief Dieb

"You heard what Mr Terry said. They could be dangerous. It's okay to **disobey** your mum, but it's not okay to disobey a police officer, even if he's **retired**."
"I'm not really sure", meinte Steve, "whether it's okay to disobey your mum."
"I'm absolutely sure it's not okay", dröhnte eine Stimme hinter uns.
Wir fuhren herum. Fenny schlug die Hand vor den Mund. Steve suchte hinter ihr Schutz, was wenig Sinn hatte, da er einen Kopf größer war als sie. Wenigstens war er mutig genug, sich nicht auch noch zu ducken.
Vor uns stand Jane. Diesmal trug sie weder Rüschenbluse noch Faltenrock, sondern einen grünen Arbeitsoverall. Die Pudellocken waren platt gedrückt, ihr Gesicht mit Erde verschmiert. Sie hielt eine riesige Gartenschere in der Hand, was ihr etwas Bedrohliches gab.
Ich versuchte es mit der Taktik "Flucht nach vorn". Die hatte mein Bruder Paul mir beigebracht. Wenn man im Unrecht ist oder etwas angestellt hat, dann muss man einfach ganz frech so tun, als wäre alles in bester Ordnung.
"Hello, Mrs Jenkinson", sagte ich also betont forsch.

---

disobey nicht gehorchen
retired im Ruhestand

“We’ve come to see Ken. Fenny’s mother said we shouldn’t **bother** you, but we came **anyway**.”
Hoffentlich hatte sie den Anfang unseres Gesprächs nicht mitbekommen, sonst zog meine Story nicht.
”You shouldn’t **sneak** around other people’s houses. Didn’t your parents teach you that?”, ermahnte uns Jane. “What if I’d been sitting in the garden stark naked?”
Jane splitternackt? Was für eine Vorstellung! Damit waren meine Albträume für die nächsten zehn Jahre gesichert.
“We thought Ken was probably playing in the garden”, sagte Fenny mit Unschuldsmiene.
Jane ließ die Schere mehrmals auf und zu schnappen. “Miranda took him for a walk.”
“Can we wait until they’re back?”, fragte Steve. “I wanted to ask Miranda for her delicious **recipe**.”
Da flötete es hinter uns: “So you enjoyed our dinner?”
Wieder drehten wir uns um.
Es war Miranda. Sie sah wesentlich zugänglicher aus als Jane.
“Yes, very much”, bestätigte ich. “I could **hardly** stop eating.”

---

bother stören
anyway trotzdem
sneak schleichen
recipe Rezept
hardly kaum

Janes Schere machte “schnipp, schnapp”, als wollte sie Miranda ein geheimes Zeichen geben, aber Miranda fand uns wohl hinreichend unverdächtig und bat uns ins Haus.

Sie ging in die Küche voraus, nahm einen Ordner von einem wackeligen Holzregal und klappte ihn auf. Fenny und ich sahen uns möglichst unauffällig um. Keine Spur von Ken. Nach endlosem Blättern fand Miranda, wonach sie suchte. “Here, young man.” Sie reichte Steve ein vergilbtes, handbeschriebenes Blatt. “My recipe for roast beef and Yorkshire pudding. You can keep it.”

Ich befürchtete das Schlimmste. Ob sie uns in Sicherheit wiegen wollte, während Jane draußen ihre Gartenschere nachschliff? Ob sie uns nur einlullen und dann in den Keller sperren wollte?

"Where's Ken?", fragte Fenny ganz direkt. "We can't leave **without** saying hello to him."
Miranda seufzte. "**I'm so sorry**, children. He ran away again yesterday afternoon. He **used to be** a **stray**, you know."
Wir waren sprachlos. Sogar Fenny brauchte ein paar Sekunden, bevor sie hervorstieß: "How could you aban..."
"How could you let him run away again?", ging ich schnell dazwischen.
Jetzt war es auch mit Mirandas Freundlichkeit vorbei. "He's not your dog. And **what are we supposed to do?** Put him on a **chain**? Our garden is **right next to** the Heath. All he needs to do is jump over the fence."
Fenny drehte sich auf dem Absatz um und ging ohne ein weiteres Wort, was ganz gut war, denn sonst hätte sie womöglich verraten, dass wir längst wussten, was hier gespielt wurde.

---

without ohne
I'm so sorry Es tut mir so leid
used to be war früher
stray Streuner
What are we supposed to do? Was sollen wir denn tun?
chain Kette
right next to direkt neben

Der lange Heimweg

Fenny schnaubte vor Wut, als wir sie einholten. Sie war durch die offene Haustür gestürmt und die Auffahrt hinuntergelaufen. Mit geballten Fäusten stand sie an der Straße. Entrüstung schoss aus jeder ihrer Poren.

"Poor Ken. How could they abandon him again after only two days! We must look for him." Und schon stapfte sie los.

"Wait." Steve war mit zwei langen Schritten bei ihr. "Where are you going?"

"To the Heath, of course."

"You can't search for Ken all over the Heath. That would **take** months. We have to make a plan first."

"You and your silly plans! We'll walk home across the Heath."

"Oh no."

"Oh yes." Fenny marschierte weiter.

"Ken **isn't anywhere round here**", versuchte Steve es noch mal. "They wouldn't abandon him so close to their house."

Stop moaning and come along."

---

take *hier:* dauern
isn't anywhere ist nirgendwo
round here hier in der Gegend
stop moaning hör auf zu jammern

Steve sah mich kopfschüttelnd an. "She's **as stubborn as a mule**."
Ich schätzte, dass wir etwa eine Stunde brauchen würden. Aber Fenny blieb alle zehn Schritte stehen, um nach Ken zu rufen. So zog sich unsere Wanderung schier endlos hin. Hoffentlich würde der Proviant reichen. Ich wollte mir gerade ein Sandwich gönnen, da fuhr Fenny mich an: "Are you crazy? It's for Ken in case we find him." Als sie meinen entsetzten Gesichtsausdruck sah, fügte sie großmütig hinzu: "All right, you can eat **half** of it."
Beverly und Mami waren sicher längst von ihrem Boutiquenbummel zurück. Steve rief daheim an, um ihnen zu sagen, dass alles in Ordnung sei.
Als wir etwa die Mitte des Heath erreicht hatten, bestand Fenny darauf, dass wir jeden, dem wir begegneten, fragten, ob er einen streunenden Hund gesehen hätte.
Es war fast Abend, als wir endlich völlig erschöpft und heiser vom vielen Rufen und Fragen zu Hause ankamen. Fenny war immer noch nicht zu bremsen. Sie rief sofort bei den alten Damen an, um zu hören, ob Ken wieder aufgetaucht war. Nein, war die Antwort.
Fenny legte auf und drehte sich zu uns. "We need

---

as stubborn as a mule störrisch wie ein Esel
half die Hälfte

helpers", sagte sie. "I'm going to call **everyone** I know."
"What's going on?" Beverly nahm ihr den Hörer aus der Hand. "What do you need helpers for? And where have you been all day?"
Steve übernahm es, ihr den Sachverhalt zu erklären.
"You still think those nice old ladies are the ones who broke into our house?", fragte Beverly ungläubig.
"Mr Terry thinks so, too", rief Fenny. "We've got plenty of evidence." Sie hielt drei Finger hoch. "There's Mr Goodwin, there are Jane's previous convictions, there's the **fact** that they have two cars."
"Hm", machte Beverly. "And what exactly does all that mean?"
Steve brachte sie auf den Stand unserer Ermittlungen.
"I think they're right", sagte Mami. "We have to tell the police. First, let's call Mr – what was his name again?"
"Goodwin."
"Let's call Mr Goodwin. The police **are more likely to** believe us if he tells the police about his

---

helpers Helfer
everyone jeden
fact Tatsache
are more likely to werden eher

encounter with Jane and Miranda and the burglary at his house."

Wenn es ums Telefonieren ging, war Fenny immer die schnellste. Sie hatte bereits Goodwins Nummer gewählt. Sie ließ es endlos klingeln, doch er meldete sich nicht.

"We'll try again tomorrow", versprach Beverly.

Fenny kaute auf ihrer Unterlippe. "**I can't stand the thought** that Ken is **out there**, all on his own, hiding under a bush. Alone, hungry and lost."

Ich nahm sie tröstend in den Arm. Wenn es nach Fenny gegangen wäre, hätten wir die ganze Nacht weiter nach ihm gesucht, aber Beverly blieb stur. Wir durften unsere Suchaktion erst am nächsten Morgen fortsetzen.

Nach dem Abendbrot verzogen wir uns auf Fennys Zimmer und überlegten, was wir tun konnten.

"Let's try to look at this **systematically**", sagte Steve, der im Schneidersitz auf dem Boden saß. Fenny hockte auf dem Bett, das Kinn auf die Fäuste gestützt. Ich saß auf meiner Matratze. Ganz in Gedanken versunken spielte ich mit der Digitalkamera herum, mit der ich Fotos von Ken gemacht hatte.

"Let me take a look", bat Fenny. Sie sah die Fotos

---

encounter Begegnung
I can't stand the thought Ich halte den Gedanken nicht aus
out there da draußen
systematically systematisch

durch und seufzte. “Poor Ken. I wish he were my dog. I’d take care of him. I’d give him a home and all the love he needs.”
“Photos!” Steve schnipste mit den Fingern. “That’s it! Someone else will probably find Ken before we do. We have to make sure this person calls us instead of Jane and Miranda. Let’s make **posters**. Tomorrow we can put them everywhere around the Heath.”
“Good idea.” Fenny hopste vom Bett, lief zur Tür und riss sie auf. “Mum, **switch on** your PC.”

---

posters Plakate
switch on schalte an

Wer hat diesen Hund gesehen?

Ich erwachte davon, dass Fenny über mich hinweg kletterte. Sie trampelte die Treppe hinunter zum Telefon. Ich hörte sie sagen: "Hi, this is Fenny. Is Ken back?"

Und schon kam sie wie eine Herde Elefanten wieder hochgepoltert. "Jane's getting more and more **unfriendly**. She roared at me: 'No, he's not!' and **hung up**."

Ich schielte zur Wanduhr, deren Zeiger die Form von Löwentatzen hatten. "Everyone's **grouchy** if you call them at six in the morning on a Sunday. You **woke her up**."

"**Serves her right!**"

An Schlaf war nicht mehr zu denken. Fenny weckte alle auf und wollte noch vor dem Frühstück die Plakate verteilen gehen. Ohne mich! Auch die anderen protestierten. Wir stürzten Müslis runter, weil das am schnellsten ging. Beverly suchte im ganzen Haus Klebeband zusammen.

Mit hundert Plakaten ausgerüstet, begannen wir un-

---

unfriendly unfreundlich
hung up legte auf
grouchy grantig
(you) woke her up (du) hast sie aufgeweckt
Serves her right! Geschieht ihr recht!

sere Aktion. Steve hatte mal wieder einen gut durchdachten Plan ausgearbeitet, und der sah so aus: Wir fuhren den Heath entlang und hielten, wo immer sich eine günstige Gelegenheit bot. Beverly kannte sich bestens aus und wusste, wo es Wege auf den Heath gab. Sie wartete im Wagen. Fenny und Steve verteilten jeweils drei bis fünf Plakate, die sie an gut sichtbare Stellen klebten. Auf den Plakaten war ein Foto von Ken, darunter stand kurz und bündig: "**Missing:** Ken, our friendly dog. Have you **seen** him?" Dazu Fennys Handynummer. Inzwischen gingen Mami und ich ein paar Schritte ins Grüne und riefen nach Ken. Nach zehn Minuten trafen wir uns alle wieder am Wagen und fuhren weiter. So arbeiteten wir uns die ganze West- und Nordseite des Heath entlang.

Wir hatten Glück, dass die Sonne schien. Bei Regen wären unsere Plakate nicht lange lesbar geblieben. Außerdem hätte sich Fenny noch mehr aufgeregt als so schon, wenn Ken schlechtem Wetter ausgesetzt gewesen wäre.

Mittags waren wir wieder daheim. Wir versuchten noch mal, John Goodwin zu erreichen. Vergebens. Auch bei Jane und Miranda meldete sich niemand.

Nach einer Nudelsuppe – zu mehr war laut Fenny

---

missing vermisst
seen gesehen

Ken, our friendly dog.
Have you seen him?
0154 - 325 786

einfach keine Zeit – ging es wieder los. Beverly musste noch mal Plakate ausdrucken und Steve lieh sich bei den Nachbarn eine neue Rolle Klebeband.

Im Süden, wo der Heath spitz zuläuft, waren wir ruckzuck fertig. Auch die Ostseite schafften wir in Rekordzeit. Inzwischen hatten wir Übung und waren ein eingespieltes Team. Außerdem konnten wir die Gegend in der Nähe der alten Damen auslassen. Erstens sollten sie nicht mitbekommen, was wir hinter ihrem Rücken machten. Zweitens war es sowieso unwahrscheinlich, dass Ken dort war. Sie mussten ihn ja weit weg von ihrem Haus aussetzen, um später ihre Lüge mit dem fehlenden Auto erzählen zu können. Nur so bekamen sie ihre Opfer zu sich ins Haus.

Völlig durch den Wind saßen wir schließlich beim Abendbrot. Steve hatte nicht einmal mehr die Kraft, etwas Leckeres zu kochen. Wir holten einfach alles aus dem Kühlschrank, was da war, und stürzten uns darauf wie ein Rudel Hyänen. Dann streckten wir uns im Wohnzimmer auf den Sofas aus.

"Let's hope someone calls", sagte Fenny und kontrollierte zum tausendsten Mal, ob der Akku ihres Handys noch voll war.

Mami sah total zerzaust aus. Heute war wahrscheinlich der erste Tag ihres Lebens, an dem sie sich nicht alle zehn Minuten gekämmt und stündlich ihr Makeup aufgefrischt hatte. Zufrieden kuschelte ich mich an sie und schlief sofort ein.

Mit verstellter Stimme

"We should have put a **radio tracking collar** on Ken", waren die ersten Worte, die ich am Montagmorgen hörte. Fenny kam frisch geduscht ins Zimmer spaziert. Wasser tropfte aus ihren Haaren auf meine Nase. Ich nieste und setzte mich auf. Ich konnte mich nur vage erinnern, wie ich gestern Abend ins Bett gekommen war.

"We should have done what?", fragte ich.

"If only we **had suspected something** sooner, we **could have replaced** Ken's dog collar with a radio tracking collar before taking him back to Jane and Miranda. You know - one of **those** things they use to **track down** animals in the **wilderness**. I could have got one from one of my dad's former colleagues at the zoo. I'm sure Jane and Miranda wouldn't have noticed the **difference**; they hardly look at their dog. What a pity I didn't think of it before. Now all we can do is wait for someone to call. Or shall we go searching again?"

---

radio tracking collar Halsband mit einem Peilsender
had suspected something einen Verdacht gehabt hätten
could have replaced hätten ersetzen können
those jene
track down aufspüren
wilderness Wildnis
difference Unterschied

Ich ließ mich auf die Matratze zurückplumpsen und stellte mich tot, doch Fenny kitzelte mich gnadenlos wieder ins Leben zurück.
"I've seen **enough** of the Heath **to last me a lifetime**."
"Maybe we'll meet Jack and Ripper", versuchte Fenny mir den Ausflug schmackhaft zu machen.
"We're just **wasting** our time."
Steve war es, der mich schließlich aus Fennys Klauen rettete.
"We're doing a test at the restaurant today," erzählte er beim Frühstück. "Every student has to cook a three-course meal. We were asked to bring along **test eaters** as **guinea pigs**. Would you be one for me, Emma?"
"There's nothing I'd love more", strahlte ich.
"Mum", sagte Fenny zu Beverly, "if Emma's not coming with me, then you have to. **Otherwise** I'll go searching alone."
"I've got to work today", sagte Beverly. "One of my **drivers** is **ill**. Sorry, Fenella."

---

enough genug
to last me a lifetime für mein ganzes Leben
(we're) wasting (wir) vergeuden
test eaters Testesser
guinea pigs *hier:* Versuchskaninchen (wörtl. Meerschweinchen)
otherwise ansonsten
drivers Fahrer
ill krank

Fennys Augen wanderten zu Mami. “Gitte, how about you?”
“Yes, all right. It’ll be a nice **change** from shopping. And the weather is lovely. I can wear the new summer dress and sandals I **bought** last week.”
Damit stand der Tagesplan für uns alle fest. Ich fand, dass ich mit Abstand den besten Part erwischt hatte.
Fünf Stunden später kam ich pappsatt und glücklich wieder zurück. Steve war sogar noch glücklicher, denn er hatte das Probekochen gewonnen. Er hatte eine Urkunde bekommen und einen silbernen Servierlöffel, in den sein Name eingraviert war. Wenn es auch einen Preis für den besten Testesser gegeben hätte, hätte ich die anderen bestimmt um Längen geschlagen, denn ich hatte die Menüs aller fünf Teilnehmer probiert und mir war von dem Durcheinander noch nicht mal schlecht geworden.
“We’re back!”, rief Steve durchs Haus. Wir waren beide sehr gespannt, ob es Neuigkeiten von Ken gab. Doch Mami und Fenny waren immer noch unterwegs.
Steve ging seine Urkunde einrahmen und ich machte es mir auf der Couch gemütlich. Schon nach wenigen Minuten verspürte ich eine innere Unruhe. Ich musste mich irgendwie nützlich machen.

---

change Abwechslung
bought habe gekauft

Am besten wäre es, überlegte ich, erst mal herauszufinden, ob Ken wieder bei seinen beiden Frauchen war. Einfach nur direkt fragen, ob Ken wieder zurück war, brachte sicher nichts. Die würden mir bestimmt nicht die Wahrheit sagen, weil sie befürchteten, dass Fenny, Steve und ich dann wieder auftauchten, um Ken zu besuchen. Da stritten sie eher ab, dass sie ihn wieder hatten.

Ich könnte natürlich meine Stimme verstellen und eine List anwenden, beispielsweise so tun, als hätte ich Ken gefunden. Wenn sie ihn schon wieder hatten, würden sie sich wundern und entsprechend verwirrt reagieren. Wenn sie ihn noch nicht hatten, dann würden sie sich hocherfreut zeigen und mich bitten, ihn zu bringen, samt Einladung zum Abendbrot. Und schon hatte ich die Information, die ich wollte.

Ich holte eine fast leere Klopapierrolle aus dem Gäste-WC. Wenn ich da durchsprach, erkannten sie meine Stimme bestimmt nicht. Mit dem Telefon in einer Hand, sprach ich schon mal übungshalber den Satz "Hello, I found your dog" in die Klopapierrolle und experimentierte dabei mit verschiedenen Stimmlagen.

Steve kam ins Wohnzimmer. "That's a **toilet roll** you're talking into", sagte er grinsend. "The telephone is in your other hand."

---

toilet roll Klopapierrolle

"Ha ha, very **funny**."
Ich tippte die Nummer ein. Steve sah belustigt zu.
"Hello, um, uh, I found your dog", brachte ich hervor, als Miranda sich meldete.
Es war kurz still am anderen Ende. "Oh", kam es dann, "Miss Sarandi! Is that you? **We were so pleased to meet you.** Thank you so much for bringing our Ken back. I hope you enjoyed lunch with us."
Die hielten mich für jemand anderen! Jemanden, der Ken gefunden und bereits wieder zu ihnen gebracht hatte. "Yes, I wanted to say thank you", improvisierte ich, und hoffte dabei, dass ich immer noch wie diese Miss Sarandi klang.
"**You're welcome.**"
"**Bye.**" Geschafft. Mein Herz klopfte bis zum Hals.
"Fantastic", sagte Steve. "Do you know what this means?"
"Yes, it means we can call Fenny and tell her to stop searching, because a Miss Sarandi took Ken back to them already."
"Right. But it also means that we've found the next victim."

---

funny lustig
We were so pleased to meet you. Es hat uns sehr gefreut, Sie kennenzulernen.
You're welcome. Nichts zu danken.
Bye. Tschüs.

Mir wurde ganz heiß vor Aufregung. "Of course! What do we do now?"
"We have to warn Miss Sarandi."
Ich rief Fenny auf ihrem Handy an. "Fenny, I **found out** that Ken is back home with Jane and Miranda. I know who found him."
"We'll be back in fifteen minutes."
Steve hatte Telefonbuch und Stadtplan auf dem Couchtisch aufgeschlagen. "If her name had been Smith we'd **never** have found her. Fortunately there's only one person **called** Sarandi in the phone book. And she lives near the Heath, not far from here."
Steve tippte bereits die Nummer ein. Nach dem fünften Klingeln meldete sich eine warme Frauenstimme. "Yes?"
"Hello, Miss Sarandi. I'm calling about Ken."
"You mean Ken, the dog?", kam es prompt. "I hope he's okay?"
"Yes, but – uh – there's a problem. It's difficult to **explain**."
Ich nahm Steve den Hörer ab. "Hello? This is Emma. Just like you, we found Ken. **The very next day** our house was burgled. We suspect that

---

found out habe herausgefunden
never nie
called namens
explain erklären
the very next day genau einen Tag später

Miranda and Jane are thieves." Das war zwar reichlich direkt, aber immer noch besser als Steves Gestammel.

"Is this a **practical joke**?", erkundigte sich Miss Sarandi leicht belustigt.

"No, we're absolutely **serious**. The old ladies abandon their dog to lure people to their house. Then they copy their house key." Warum sollte sie mir das alles glauben? Nicht mal die Polizei hatte mir geglaubt. "Jane has a previous conviction. The charges were fraud and forgery", fügte ich hinzu, in der Hoffnung, sie damit zu beeindrucken.

"How old are you?"

"I'm twelve, and Steve is thirteen." Wir hätten mit dem Anruf lieber warten sollen, bis Fenny und Mami zurück waren. Einem Erwachsenen würde sie wahrscheinlich eher glauben. "My mother isn't here", erklärte ich schnell. "She's looking for Ken." Das hätte ich lieber nicht sagen sollen. Bis ich erklärt hatte, warum meine Mutter nach Ken suchte, der ja längst gefunden worden war, hatte Miss Sarandi sicher die Geduld mit mir verloren.

"I'm not sure what you're trying to tell me", sagte sie. "But it's probably too difficult on the telephone. I suggest you come over to my house. Where do you live?"

---

practical joke Streich
serious ernst

Mir fiel ein Stein vom Herzen, so groß wie der Buckingham Palace. “Not far away.”
“Good. Come round and tell me what’s wrong with Jane and Miranda.”
“Phew”, machte ich, nachdem ich aufgelegt hatte. “I almost ruined everything by talking nonsense. She sounds nice, though. I’m sure we can **convince** her.”
“I suggest we **print out** the photos you took of Ken, as **proof** that we found him, too.”
Steve übernahm das Ausdrucken, ich ging mir ein frisches T-Shirt anziehen. Mit Flecken von fünf verschiedenen Soßen hinterließ ich bestimmt keinen seriösen Eindruck.

---

convince überzeugen
print out ausdrucken
proof Beweis

Das nächste Opfer

Mami war zu nichts zu gebrauchen, das sah ich auf einen Blick, kaum dass sie zur Tür herein war. Sie ließ sich in einen Sessel plumpsen, schnickte die hochhackigen Sandalen weit von sich und jammerte: "I'm **dead**. **Remind me never ever** to wear new shoes again when I go on a dog **hunt**."

Keine Frage – sie würde nicht mit uns zu Miss Sarandi gehen. Sie verstand nicht mal, warum ich über diese neue Entwicklung der Sache so aufgeregt war.

Fenny hingegen flippte fast aus, als ihr klar wurde, dass wir auf dem besten Weg waren, den diebischen alten Damen das Handwerk zu legen. Sie fand, wir sollten uns sofort auf die Socken machen. Steve murmelte noch etwas von Strategie und Ausrüstung, aber Fenny schnitt ihm das Wort ab. "We don't need any equipment. We're not doing a surveillance job this time."

Wir zogen los. Unterwegs hängten wir ein paar von unseren Plakaten ab, an denen wir vorbeikamen. Die restlichen würden wir ihrem Schicksal überlassen. Bestimmt würde sie bald jemand abreißen oder

---

dead tot
remind me erinnere mich daran
never ever nie und nimmer
hunt *hier:* Suche

überkleben. Oder ein Regenguss würde sie verwaschen. Tatsächlich sah es so aus, als ob es bald regnen würde. Vom Heath her zogen Wolken auf, dunkel wie Schwaden von Tintenfischtinte.

“We should have taken coats and umbrellas”, sagte Steve. “That’s what happens when you don’t plan your **actions thoroughly**.”

Fenny streckte ihm die Zunge raus.

Wir beeilten uns, Miss Sarandis Haus zu erreichen, bevor es zu schütten anfing. Die ersten Tropfen fielen bereits, als wir an der Haustür klingelten. Miss Sarandi wohnte in einem backsteinernen Reihenhaus, das hübsch renoviert war, mit rot gestrichenen Fensterläden und einer Tür mit Buntglaseinsatz.

Die Tür schwang auf und eine zierliche Frau erschien. Sie hatte hüftlange schwarze Haare. Ihre Augen waren mit Kajal umrandet. Ein grüngoldener Sari war kunstvoll um ihre schlanke Gestalt geschlungen. Goldene Armbänder mit Anhängern klimperten bei jeder noch so kleinen Bewegung.

“You must be Emma, Steve – and?”

“Fenny.”

“Come in before you get wet. Please call me Asha.”

Wir betraten ein anderes Land – so kam es mir jedenfalls vor. Ein Land wie aus einem orientalischen

---

actions Taten
thoroughly gründlich

Märchen. Sitar-Klänge hüllten uns ein, es duftete nach Curry und Räucherstäbchen. An den Wänden hingen mehr Teppiche als bei uns auf dem Boden lagen. Ich hätte mich nicht gewundert, im Wohnzimmer einen indischen Elefanten vorzufinden.
Die gemütliche Stimmung wirkte sogar bei Fenny. Ich konnte fast hören, wie sie innerlich einen Gang runterschaltete. “It’s so **cosy** in here”, schwärmte sie.
Asha bot uns dicke, runde Kissen als Sitzgelegenheit an, schenkte aus einem Tonkrug Orangensaft in reich verzierte Becher und zündete im ganzen Raum verteilte Teelichter an, da es draußen zusehends duster wurde. Von dem sonnigen Nachmittag, den wir vor wenigen Minuten noch genossen hatten, war nichts mehr zu merken.
Steve reichte Asha die Fotos.
“Yes, that’s Ken”, sagte sie. “A very friendly dog. I can’t wait to hear your story.”
Wir wechselten uns ab und bekamen eine einigermaßen schlüssige Darstellung des Falles zusammen. Asha zeigte sich tief beeindruckt davon, dass wir sogar von einem ehemaligen Kriminalinspektor unterstützt wurden.
“This all makes perfect sense to me”, sagte sie. “Now let me tell you how I found Ken. I took a long walk

---

cosy gemütlich

on the Heath this morning. I saw the dog sitting under a **bench**, so I went over and talked to him. He followed me home. Then I saw his tag and called the number. Just like with you, this Miranda person immediately asked me to bring Ken to her, and she invited me for lunch. I work in the evenings – I teach **Indian temple dance** – so I have a lot of **spare time during** the day. I **accepted** the invitation. While we ate an excellent risotto and salad, Miranda and Jane asked me practically everything

---

bench Bank
Indian temple dance indischer Tempeltanz
spare time Freizeit
during während
accepted nahm an

about my **life**. **I didn't mind.** I live alone and I enjoy people's **company**. I remember that Jane went to get dessert and was gone from the dining room for almost five minutes. That must have been when she copied my key. What a mean trick. Especially the **part** with the dog. Poor Ken."

Fenny nickte. "My **feelings** exactly."

"The best thing we can do is call the police", sagte Asha und ging sofort das Telefon holen. In klaren, ruhigen Worten erklärte sie dem Polizisten am anderen Ende, worum es ging. Als sie auflegte, wirkte sie zufrieden. "He said they'll send someone to talk to Mr Goodwin. And he told me to **change** the **lock** on my front door."

"That's all?"

"What else did you expect?"

Fenny hatte eine ganze Menge mehr erwartet. "They have to **arrest** Jane and Miranda and search their house. They have to give all the stolen goods back to their owners. And they have to find a better home for Ken."

---

life Leben
I didn't mind. Es machte mir nichts aus.
company Gesellschaft
part Teil
feelings Gefühle
change *hier:* auswechseln
lock Schloss
arrest verhaften

"**One step at a time.** Things have been **set in motion**. We must let them do their work. But I must admit that I don't feel safe in my own house any longer."
"When will you have the lock changed?", erkundigte sich Steve.
"It's too late to call a **locksmith** today. And tomorrow I'll be gone all day. My best friend is **getting married**."
"Did you tell Jane and Miranda about the **wedding**?"
Asha nickte zerknirscht. "I know what you're thinking. It's the perfect **opportunity** for them to burgle my house. I'll try to find someone to stay here for the day."
Fenny brannte schon wieder vor Tatendrang. "You won't need anyone. You've got us. This will be an excellent opportunity **to set a trap**. If the police won't help us, we'll ask Mr Terry. Let's call him and see whether he's already back from Dublin."

One step at a time. Eins nach dem anderen.
set in motion in Gang gebracht
locksmith Schlosser
(she is) getting married (sie) heiratet
wedding Hochzeit
opportunity Gelegenheit
to set a trap eine Falle stellen

Gefangen im Dunkeln

Bei Terry meldete sich niemand.

"If only we'd asked him what time exactly he'd be back", sagte Steve. "We should have been more organised from the start."

"**Oh dear!**", rief Asha plötzlich. "Now that you mention the time – I'm late for my dance **class**. Sorry, children. I wish I could drive you home, but I mustn't **keep my students waiting**."

"No problem", sagte Fenny. "My mother owns She-Cabs. All I need to do is call and we'll **be picked up**."

"Great." Asha reichte ihr das Telefon und blies die Kerzen aus. "I must leave now. You can wait here for the taxi. It's **stormy** outside. I'll call you when I get back. Please leave your number on the **notepad** in the hall. Bye, kids. And thanks."

Wir begleiteten Asha in den Flur, um dort auf unser Taxi zu warten. Asha schlüpfte mit nackten Füßen in Ledersandalen, streifte rasch einen weiten Mantel über ihren Sari, spannte einen Schirm auf und eilte

---

Oh dear! Ach je!
class Kurs
keep my students waiting meine Schüler warten lassen
be picked up abgeholt werden
stormy stürmisch
notepad Notizblock

zu ihrem Auto, das am Straßenrand parkte. Ein Blitz zuckte über den fast nachtschwarzen Himmel.

Da sah ich sie: zwei Gestalten in fast bodenlangen Regenjacken, die reglos auf der gegenüberliegenden Straßenseite warteten.

“Don’t switch on the **lights**”, warnte ich Steve, dessen Finger schon auf dem Lichtschalter lagen. Ich trat näher an die Buntglasscheibe. Ein weiterer Blitz erhellte für einen Augenblick die Straße. Ich erkannte, dass es Frauen waren, eine hager, die andere mollig. Sie waren es! Als Asha ihren Wagen um die Straßenecke lenkte, setzten sie sich in Bewegung, direkt auf die Haustür zu. In Panik wich ich zurück. “They’re coming!”

“Who’s coming?”, fragte Fenny. Sie hielt den Telefonhörer in der Hand. “I haven’t even called a taxi yet.”

“Jane and Miranda. They aren’t waiting until tomorrow, as we expected. They’ve come to **rob** Asha while she’s at her dance class.”

“**All the better**”, fand Fenny. “Let’s call the police.”

“They won’t be here in time”, sagte Steve. “We must hide first.” Er öffnete eine Tür. “Quick, this way.”

---

lights Licht
rob ausrauben
All the better. Umso besser.

"This way" entpuppte sich als Kellertreppe. Ich war ganz und gar nicht entzückt. Da hörte ich bereits den Schlüssel im Schloss. Ein Fluchtreflex setzte mich in Bewegung. Steve zog die Kellertür hinter uns zu, gerade als die Haustür sich öffnete.

Wir trauten uns nicht Licht zu machen, weil wir nicht wussten, wie dicht die Kellertür schloss. Eine Taschenlampe wäre jetzt praktisch gewesen, aber Fenny hatte Steve ja seine Ausrüstung nicht mitnehmen lassen.

Wir hörten, wie Jane und Miranda die exotische Einrichtung kommentierten, über das Wetter schimpften und überlegten, wo sie ihre nassen Regenjacken hintun sollten. Sie benahmen sich so hemmungslos, als wären sie hier daheim. Schließlich hörten wir sie über uns die Treppe ins Obergeschoss hochgehen.

"It seems they plan to search the house **from top to bottom**", flüsterte Steve. "We have to go downstairs and hide in a room that we can lock from the inside, in case they come and search the cellar, too."

Wir tasteten uns die Wand entlang hinunter. Plötzlich hörte ich etwas die Kellertreppe hinunterpoltern. Ich erstarrte und lauschte, aber Jane und Miranda hatten anscheinend nichts mitbekommen, denn sie kamen nicht angestürmt, um nachzusehen.

---

from top to bottom von oben bis unten

"Oops", machte Fenny. "I **dropped** the telephone."
Wir setzten uns wieder in Bewegung, noch vorsichtiger als zuvor, um nicht über das heruntergefallene Telefon zu stolpern. Am Ende der Treppe angekommen, begannen wir den Boden abzusuchen, aber meine Finger fanden nur Staub, scharfe Kanten und Kisten, an denen ich mir einen Holzsplitter zuzog.
"Maybe it **fell** behind something", vermutete ich. "Let's use your mobile phone to call the police."
"**It's not working.**" Wieder war der Akku leer. Das war nicht nur Pech, das war schlicht und ergreifend eine Katastrophe, denn wie sollten wir jetzt Hilfe holen?
Meine Augen gewöhnten sich überhaupt nicht an die Dunkelheit, die immer finsterer und undurchdringlicher zu werden schien. Wie aus weiter Ferne hörte ich das Prasseln des Regens und hin und wieder einen Donnerschlag, der mich zusammenzucken ließ. Dabei habe ich gar keine Angst vor Gewittern, jedenfalls nicht wenn ich behaglich unter meiner Bettdecke liege.
Steve tastete die Wände ab. "With **a bit of luck**, we'll find a door that **leads** into the garden. Then

---

dropped habe fallen gelassen
fell ist gefallen
It's not working. Es funktioniert nicht.
a bit of luck ein bisschen Glück
leads führt

we can run over to one of the neighbours and call the police from there."

"Why did we have to go into the cellar **in the first place**?", fragte Fenny. "Why didn't we stay in the hall? That would have been a nice shock for Jane and Miranda."

Steve seufzte nur über so viel Unverstand. Klar, dieses Risiko hätten wir unmöglich eingehen können. Was, wenn Jane und Miranda nicht nur Diebinnen, sondern auch gemeingefährlich waren? Und selbst wenn sie uns nichts getan hätten, sondern abgehauen wären, hätten wir die Sache damit endgültig vermasselt. Denn dann waren sie gewarnt und konnten ihr Diebesgut in Sicherheit bringen, bevor die Polizei bei ihnen auftauchte. Sie würden ganz unschuldig tun und behaupten, wir wären nur durchgeknallte Kids, die sich zu sehr in ihr Detektivspiel hineingesteigert hatten.

Steve fand eine Tür und öffnete sie. Der Raum dahinter war die Vorratskammer. Es gab einen Lichtschacht, aber keine Tür nach draußen. Noch nie in meinem Leben hatte ich so wenig Appetit gehabt. Die randvollen Obstkisten und Schokoladenvorräte interessierten mich nicht die Bohne. Ich wollte endlich hier raus und Hilfe holen. Wir konnten doch nicht seelenruhig zulassen, dass Asha ausgeraubt wur-

---

in the first place *hier:* überhaupt

de. In dem fahlen, grauen Licht, das der Lichtschacht uns bescherte, arbeitete ich mich wieder zur Treppe vor, in der Hoffnung, das Telefon doch noch zu finden.

Da passierte es. So dunkel konnte es gar nicht sein, dass ich nicht dieses achtbeinige Huschen vor mir auf dem Boden bemerkt hätte. Eine riesendicke Spinne! Ich schrie, bevor ich überhaupt denken konnte, dass ich das lieber bleiben lassen sollte.

Steve war sofort bei mir. "Did you hurt yourself?"

"There's a spider", keuchte ich, während mein gellender Schrei immer noch nachzuhallen schien.

Die Spinne hatte sich längst in einen Schlupfwinkel verkrochen. Dafür kam jetzt eine echte Gefahr auf uns zu. Wir hörten schnelle Schritte auf der Treppe, dann wurde die Kellertür aufgerissen und das Licht ging an.

Fluchtversuch

Jane und Miranda waren ganz in Schwarz gekleidet. Wie unheimliche Schattenrisse standen sie in der offenen Kellertür.

"The Nevil kids!", rief Miranda. Oder hatte sie Devil Kids gesagt? Na ja, teuflisch sahen wir sicher nicht aus. Ich hockte zitternd wie Espenlaub auf dem Boden. Steve und Fenny standen wie versteinert neben mir. Wir blinzelten, geblendet von der nackten Glühbirne, die über unseren Köpfen angegangen war.

"**What the hell** are they doing down there?", wunderte sich Miranda.

Jane hatte eine Erklärung parat. "Probably the same as they were in our garden. **They're spying on us.**"

"But how did they know we'd be here?"

"**Doesn't matter**", sagte Jane. "The question is what do we do with them? You'd better find something we can use **to tie them up**." Breitbeinig blieb sie oben in der offenen Kellertür stehen, damit wir nicht abhauen konnten. Mann, steckten wir jetzt in

---

what the hell was zum Teufel
They're spying on us. Sie spionieren uns nach.
Doesn't matter. Macht nichts.
to tie them up um sie zu fesseln

der Tinte. Und alles war meine Schuld, wegen meiner blöden Spinnenangst.
Steve half mir hoch. Ich suchte in der Tasche meiner Jeans nach dem Taschentuch, um mir die staubigen Hände abzuwischen. Doch das Taschentuch hatte ich Fenny gegeben, um unser Beweisstück einzuwickeln. Dafür fand ich etwas anderes. Etwas, das ich längst vergessen hatte und das irgendwann samt der Jeans in der Wäsche gelandet wäre: das Papierbeutelchen von British Airways, in dem etwas Pfeffer war, falls man sein Bordessen oder den Tomatensaft nachwürzen wollte.
Pfeffer, dachte ich. Pfefferspray. Nun, Spray war das keins, aber ich konnte ja eins draus machen. Jetzt musste ich nur noch Jane anlocken. Wenn ich zu ihr hochging, war ich zu verwundbar, denn sie konnte mich die Kellertreppe runterschubsen.
Ich überlegte kurz, wie ich sie herunterlocken konnte, dann flüsterte ich Steve und Fenny zu: "Let's pretend we know a way **out**."
Steve reagierte schnell und rannte auf die nächstbeste Tür zu. "**This way out**", rief er über die Schulter.
Sofort setzte Jane sich in Bewegung, um unseren Fluchtversuch zu vereiteln. Steve rüttelte an der verschlossenen Tür. Mit dem Rücken zur Treppe fisch-

---

out *hier:* nach draußen
This way out. Hier geht's raus.

te ich das Beutelchen aus der Tasche, riss es auf und streute den gemahlenen Pfeffer in meine linke Handfläche. Da hatte Jane mich schon erreicht. Ihre Hand griff hart nach meinem Arm. Ohne noch nachzudenken, was ich da eigentlich tat, drehte ich mich um, stellte mich auf die Zehenspitzen, hob die Hand und pustete auf die ausgestreckte Handfläche, deren Finger auf Janes Gesicht deuteten.

Einen Atemzug später lehnte Jane hustend an der Wand, ihre Augen begannen zu tränen.

"Run for the front door", schrie ich Steve und Fenny zu und spurtete, so schnell ich konnte, an der hilflosen Jane vorbei die Treppe hoch. Wie ich vermutet hatte, war Miranda von unserem Ausbruchversuch so überrascht, dass sie gar nicht reagierte, als ich an ihr vorbeistürmte. Hinter mir hörte ich Steve keuchen und Fenny japsen. Ich erreichte als Erste die Haustür und riss sie auf. Regen peitschte mir ins Gesicht. Egal, nur weg hier!

Da hörte ich einen wütenden Schrei. Ich fuhr herum und knallte mit Steve zusammen. Mir fuhr erneut der Schreck in die Glieder. "Fenny!"

Miranda hatte sich Fenny geschnappt und wollte sie mit einer Wäscheleine fesseln. Wir konnten sie unmöglich in den Fängen der Diebinnen zurücklassen. Fenny wehrte sich bereits nach Kräften. Sie biss, kratzte und trat heftig um sich.

Gemeinsam hätten Steve und ich sie sicher losreißen

können, aber Jane hatte sich von der Pfefferattacke erholt. Wütend wie tausend Furien kam sie Miranda zu Hilfe.

Steve stand wie erstarrt. Es war nur eine Frage von Sekunden, dann hätten sie uns alle drei überwältigt. Ich musste Hilfe holen, solange ich noch konnte.

Ich drehte mich um und rannte blind vor Angst in den Regen hinaus. Ich kam nicht weit. Schon nach wenigen Schritten wurde ich von einer triefend nassen Gestalt gebremst.

Ich wollte schon wieder loskreischen, da erkannte ich Frederick Terry. Unsere Rettung! Ich zog ihn am Mantelärmel mit mir zurück zu Ashas Haus und redete dabei auf ihn ein. Eigentlich schmiss ich nur mit Wortbrocken um mich. "Miranda, Jane, in the house, cellar, spider, Fenny, must **save** her, quick." So in der Art, nur noch konfuser.

Im Hausflur hatte sich die Lage inzwischen zugespitzt. Eine reichlich zerrupfte und schwitzende Miranda hielt Fenny im Klammergriff. Jane rang an der Kellertreppe mit Steve.

Mit einer Ruhe, die mich fast zum Wahnsinn trieb, sagte Terry: "Metropolitan Police. I'm arresting you for **attempted** burglary."

Es wirkte. Als wäre die Zeit stehen geblieben, er-

---

save retten
attempted versuchten

starrten alle. "**Let go of** the children", befahl Terry, leise aber voller Autorität.
Mit einer Bosheit, die ich Miranda nicht zugetraut hätte, drohte sie: "Leave this house immediately or I'll hurt the girl."
"Oh no, **not again**", sagte Terry mit einem abgrundtiefen Seufzer. "**You can't imagine** just **how tired I am of threats like that**."
Er klang so verbittert, dass ich mich fragte, ob das der Grund war, warum er seinen Job hingeschmissen hatte. Er machte zwei große Schritte und entwand Fenny mit erstaunlich sanftem Griff Mirandas Armen. Gewalt gegen alte Damen war wohl nicht sein Ding.
Miranda und Jane taten das Einzige, was ihnen übrig blieb. Sie flohen. Ohne ihre Regenjacken liefen sie hinaus. Terry holte ein Handy aus seiner Manteltasche und gab eine Fahndungsmeldung durch.
"They're not going to get very far", feixte Fenny. Sie hob die rechte Hand, an der ein Schlüsselbund klirrte. "I've got her car keys."

---

let go of lassen Sie los
not again nicht schon wieder
you can't imagine Sie können sich gar nicht vorstellen
how tired I am of threats like that wie sehr ich solche Drohungen leid bin

Ein Überraschungsgast

Es war Mittwoch, zwei Tage nach dem vereitelten Einbruch bei Asha Sarandi. Das Wetter tat so, als wäre es nie anders gewesen als sonnig und mild. Auf den Bäumen in Fennys Garten tobten die Eichhörnchen. In der Küche tobte Steve sich aus. Er bereitete seine Abschiedsparty vor, denn heute würden seine Eltern, die am Tag zuvor angekommen waren, ihn wieder mit nach Hause nehmen. Ich half Steve beim Kochen, indem ich Salate, Aufläufe und Suppen abschmeckte.

Fenny hockte mit baumelnden Beinen auf der Arbeitsfläche, genau da, wo sie am meisten im Weg war. "Why can't you stay another week, Steve? We had such fun **together**."

"Right. Why don't you stay?", bettelte ich ebenfalls. "We had such great meals together."

Steve wurde bei so viel Lob ganz rot. "I'll **miss both of you**, too. Maybe I can come back again next summer."

"Next summer I'm in Germany staying with Emma", sagte Fenny.

Da hatte ich die beste Idee meines Lebens. "Steve, would you like to learn to cook German food?"

---

together miteinander
miss vermissen
both of you euch beide

"Absolutely. I'd love to learn some new **dishes**."

"You know, there are plenty of excellent restaurants in our town. I'm sure I'll find one where you can take lessons."

"You mean, you want me to come too, when Fenny goes to see you?" Steve strahlte sein breitestes Eichhörnchenlächeln. "That would be fantastic."

In bester Laune arrangierten wir das Büfett für unsere Gäste. Steves Eltern schmückten den Garten mit Girlanden, Beverly und Mami deckten lange Biertische mit schrill gemusterten Decken. Mami trug fast ihren gesamten Schmuck, vor lauter Freude, dass sie ihn wieder hatte.

Der erste Gast war Asha, heute in einem feuerroten Gewand, das mit silbernen Münzen bestickt war. Sie hatte eine Schüssel Joghurt-Dip mitgebracht, den sie zwischen Steves Eiersalat und die gegrillte Hähnchenbrust stellte.

Asha umarmte uns. "If you hadn't been there, Jane and Miranda would have stolen all my **souvenirs** from India. I'm sorry you were **in danger**, though. I should have stayed at home that evening."

"No problem", sagte Fenny großmütig. "We really **enjoyed ourselves**."

---

dishes Speisen
souvenirs Andenken
in danger in Gefahr
enjoyed ourselves hatten Spaß

Sie war eben nicht zu erschüttern. Mir hingegen zitterten immer noch die Knie, wenn ich an den dunklen, spinnenverseuchten Keller dachte.
Als Nächstes trudelten Fennys Lieblingspfleger aus dem Zoo und die Kochschüler aus Steves Kurs ein. Und zuletzt – endlich – kam der Gast, auf den ich schon besonders aufgeregt wartete: Frederick Terry.
Am Montagabend hatte er dafür gesorgt, dass wir von einer Polizeistreife nach Hause gefahren wurden. So hatten wir die Verhaftung der alten Damen nicht mitbekommen. Ich hatte tausend Fragen an ihn.
Er kam nicht allein. Seine Nichte Cecilia war bei ihm – und ein vierbeiniger Überraschungsgast.
Fenny stürzte sich auf Ken, umarmte ihn ungestüm und weinte fast vor Wiedersehensfreude. “Are you going to keep him, Mr Terry?”
Terry verneinte. “I can’t. Mario’s scared of dogs.”
“Who’s Mario?”, fragte ich.
“His cat”, sagte Fenny. Sie vergaß nie den Namen eines Tieres.
“**I was wondering** ...” Terry ließ langsam den Blick durch den wild wuchernden Garten schweifen. Ein Eichhörnchen rupfte gerade eine Girlande ab. Die Katze der Nachbarn hockte auf einem Ast und beäugte Ken misstrauisch. “I was wondering whether Ken might find a new home here, near the Heath, in

---

I was wondering Ich habe mich gefragt

this beautiful house, with a girl who loves him more than anyone else." Er zwinkerte Fenny zu.

Sie hüpfte auf und ab. "Oh, yes, please, Mum, please can I keep Ken?"

Beverly ergab sich in ihr Schicksal. "How could I possibly say no, after all that's happened?"

Fenny war selig. Ich freute mich unheimlich für sie und Ken.

Nachdem Beverly die Gäste alle einander vorgestellt hatte, häuften wir unsere Teller voll und machten es uns auf den Bänken gemütlich.

"It was nice to play detective again", sagte Terry, der mir gegenübersaß.

"Why did you come to Asha's house? How did you know we needed your help?", fragte ich.

"**I'd just returned** from Dublin, when a former colleague from Hampstead Police Station called me. He said he'd **received** a very **strange call** from a woman named Asha Sarandi and she had mentioned my name. He wasn't sure what to make of it. I asked him to **repeat** exactly what she'd told him. That's how I **found out** that you were there with her. So I

I'd just returned Ich war gerade zurückgekehrt
(had) received hatte erhalten
strange seltsam
call Anruf
repeat wiederholen
found out habe herausgefunden

took down her address and drove over to Hampstead. It seemed to take forever because of the storm. When I arrived, the house was dark and I wondered if I had **overreacted**. I was walking up to the front door – when suddenly you ran into me, Emma."

"I'm afraid what I said then didn't make much sense."

"**I've dealt with** people **under stress** so often that I've learned how to make sense of everything."

Ich holte mir einen Nachschlag vom Joghurt-Dip. Steve ließ sich bereits von Asha das Rezept geben.

"What happened next?", wollte ich wissen.

"The **surrounding area** was searched", erzählte Terry. "Jane and Miranda were found an hour **later** on the Heath. They were hiding under a bush."

Fenny kraulte Ken hinter den Ohren. "Did you hear that? Those bad women who abandoned you over and over again were hiding under a bush, just like you were when we found you."

Ken ließ ein kurzes, heiseres Bellen hören.

Da erst fiel mir auf, dass er bisher noch nie einen Laut von sich gegeben hatte.

(had) overreacted hatte überreagiert
I've dealt with Ich hatte mit ... zu tun
under stress unter Druck
surrounding area Umgebung
later später